U0883887

我心安处是丽江

WO XIN AN CHU SHI LI JIANG

冯镜明 著

广州新华出版发行集团
广州出版社
GUANGZHOU PRESS

图书在版编目（CIP）数据

我心安处是丽江/冯镜明著. —广州：广州出版社；2024.7（2025.6）
ISBN 978-7-5462-3730-5

Ⅰ.①我… Ⅱ.①冯… Ⅲ.①纪实文学－作品集－中国－当代 Ⅳ.①I25

中国国家版本馆CIP数据核字（2024）第030681号

书　　名　我心安处是丽江
　　　　　Wo Xin An Chu Shi Lijiang
出版发行　广州出版社
　　　　　（地址：广州市天河区天润路87号广建大厦9、10楼　　邮政编码：510635）
封面题字　黄颂豪
责任编辑　田宇星　　周　秦
责任校对　王俊婕
责任技编　刘雁明
装帧设计　广州水石文化发展有限公司
印刷单位　广东信源文化科技有限公司
　　　　　（地址：广州市番禺区大龙街竹山工业路57号　　邮政编码：511450）
规　　格　787毫米×1092毫米　1/32
字　　数　176千
印　　张　10.5
版　　次　2024年7月第1版
印　　次　2025年6月第2次
书　　号　ISBN 978-7-5462-3730-5
定　　价　48.00元

本书摄影作品除署名外，其余均由作者拍摄。

发行专线：（020）38903520　38903521
如发现印装质量问题，影响阅读，请与承印厂联系调换。

/ 序

丽江迷情

与丽江的缘分深如黑龙潭[①]。

曾经七赴丽江，采访、旅游、度假……一次次踏访这片神奇的土地，每一次都让人心旌摇曳，神思飞越；每一次都像恋人相会，从一见钟情到缱绻不舍，其情其景历历在目，清晰如昨。

丽江，到底有着怎样的惊世魅力，可以让人魂牵梦萦、心向往之？！

丽江浴火重生

恕敝人孤陋寡闻，到访之前对丽江竟然一无所知，缘分是不期而至的。

1996年丽江大地震突如其来，我与两位同事即刻领命，奔赴

① 黑龙潭位于丽江市古城区城北泉山脚下，此地泉眼众多，积水成潭。因泉水如玉，终日倒映玉龙雪山，又被称为“玉泉公园”。

地震灾区采访，丽江，此时才姗姗进入我的视野。直至坐上从广州飞往昆明的飞机，才从一同前去的同事口中听到有关丽江的点滴：偏居云南一隅，是当地的旅游名胜，是老外们热衷奔赴的“世外桃源”……

我们昼夜兼程，傍晚时分才赶到丽江县城，眼前漆黑一片，我睁大双眼察看着周遭，只见街道两旁乌灯黑火，空无一人。在一个较大的街心地段，见到一堆篝火在熊熊燃烧，旁边支着帐篷，露宿的人们在烤火取暖。此时正值腊月寒冬，晚上的气温骤然降到零下。

我的心揪得紧紧的，精神高度紧张。从未经历过地震，此番一去，其实是心存畏惧的。到丽江追踪地震新闻，无异于追逐死神。毕竟，是七级大地震！前有唐山大地震死亡20余万人的梦魇挥之不去，后有云南孟连等5个地震重灾区的悲怆萦绕心头。

车子在县城里不紧不慢地开着，寻找可以落脚的宾馆，还好，县城的主要街道、地委机关和一些旅店、宾馆依旧灯火通明，给惊慌不安的当地灾民以及初来乍到的我们平添一股暖意和慰藉。为我们驾车的两位昆明司机颇有经验，基于路况不熟，又值掌灯时分，便选择向县城中心地带一路行进，终于找到一家可以落脚的宾馆，我们一直悬着的心才悄然落地。

多年以后，丽江那房屋坍塌、哀鸿遍野的地震灾难场景仍然不时在我的脑海中浮现。每每回眸夜半进城的情景，我始终无法将丽江那一幕与今天灯红酒绿的场景拼接起来，那是两个完全不同的世界。

令人始料未及的是，一场大地震，反而让丽江得到了上苍的垂怜，抖落了历史尘垢，再度焕发勃勃生机。丽江枯木逢春，恰恰应验了一句古谚：“祸兮福所倚！”

心中的“香格里拉”

何以是丽江，倾倒了众生？这是我多年来一直渴望破解的谜团。在丽江大地震一周年回访丽江期间，我们终于有了闲情逸致，攀爬上丽江古城背枕着的狮子山，端坐于山巅之上的万古楼。这里是整个丽江的最佳观景台，大研古城如波浪般开阔的古典民居尽收眼底。

清风徐徐拂面，眼前的古城让人仿佛穿越千年。

古城左有玉龙雪山（青龙），右有虎山（白虎），背靠狮子山（玄武），东南方向有龟山、蛇山对峙把守关隘。极目远眺，黛青与银白，两种反差强烈的色彩构成了古城的主色调——古城一大片黛青色的民居瓦房鳞次栉比，茫茫苍苍，宛若一幅巨大的水墨画；远方的天际线上，那傲然耸立于天地之间的玉龙雪山明晃耀眼。

横看成岭侧成峰。狮子山下呈现的古城面孔惹人怜爱。

据说元世祖忽必烈当年征战，到过丽江、大理，曾留下千古慨叹：“云南善地，朕所亲历，倘非天命有归，愿封于此足矣。”足见丽江、大理一带曾令一代枭雄心有所属！

当千古游侠徐霞客云游到丽江时，俨然成了一位诗人，一个

黑龙潭公园

心灵的歌者。他用洗练简约、优美灵巧的文字展开了对丽江的热情礼赞，一面描绘着丽江如诗似画的壮美景色，一面抒发着心中的艳羡留恋之情。在邱塘关前，徐霞客初来乍到，挥笔写下：“坞盘水曲，田畴环焉”的字句；在进城途中，徐霞客行走在高低屈曲、绿树成荫的山路上，极目眺望，心情悠然，动情赞颂道：“北瞻雪山，在重坞之外，雪幕其顶、云气郁勃、未睹晶莹”；在解脱林旁，徐霞客触景生情，雅兴大发，情不自禁吟诵起“宿雨含红，朝烟带绿，独骑穿林，风雨凄然，反成其胜”，“北眺雪山，隐现不定，南窥川甸，桃柳缤纷，为之引满”。徐霞客笔下的丽江犹如一帧素洁秀雅的绢画，展现着独属于丽江的那份古朴灵动之美，它在尘封的岁月深处如同暗香疏影般隐隐浮现。

在丽江采访的一个多月里，我们迎来了中国最隆重的节日——春节。一个冬日，我们前往当地著名的旅游景点——黑龙潭公园游玩，借此放松身心，养精蓄锐。那时离春节日近，灾后的县城也呈现出一丝丝的节日气氛，焕发难得一见的生机。

在黑龙潭公园，我们邂逅了当地一位学贯中西、德高望重的老人——宣科先生，当时他正在指挥一支大研纳西古乐队进行排练。他告诉我们，当晚将在大研古城上演纳西古乐。那时，我对纳西古乐一无所知，但在公园现场聆听了大研纳西古乐队的排练后，当即决定晚上前去捧场。

当晚在纳西古乐演出现场，我们见到了一些高鼻碧眼的男男女女，这些人大都上了年纪，在人群中特别惹人注目。我满腹狐疑：大地震给人们带来的惊恐和创痛尚未过去，余震依然不断发生，这些老外却冒险造访此地，却是为何？悄悄向旁人打听才得知，这些人都是联合国教科文组织派来的专家学者，正在对丽江申报世界文化遗产作实地考察。这时我才渐渐回过味来：丽江是墙内开花墙外香。在大地震发生之前，一些先知先觉的外国人对丽江的认知和关注远超国人。

这就不得不提到与丽江生死相依的美籍奥地利人约瑟夫·洛克。洛克作为探险家和植物学家，在20世纪初抵达丽江。起初丽江并没有让他产生惊艳之感，可正是这片偏安西南一隅的纳西人聚居地，令这位曾经周游列国、见多识广的游子驻足长留，一留就是27个年头。他将丽江视为第二故乡，其研究方向也由最初的植物研究最终转向纳西人及纳西文化上，一部扛鼎之作——《中国西南古纳西王国》足以令洛克跻身于西方著名人类民族学者之列。

在书中洛克写下了这些饱含深情的文字："那么多美丽绝伦的自然景观，那么多不可思议的奇妙森林和鲜花，那些友好的部落，那些风雪跋涉的年月和那些伴随我走过的漫漫旅途、结下深厚友谊的纳西朋友，我都将永远铭记在最幸福的回忆中。"1949年8月初，洛克极不情愿地乘坐一架美国驻昆明领事馆派来的飞机，依依不舍地离开了丽江。两周之后，他从加尔各答写信给欧里尔："……来年视局势的发展，如果一切正常，我将返回丽江去完成我的工作。与其躺在医院凄凉的病床上，我宁愿死在那玉龙雪山的鲜花丛中……"

《被遗忘的王国》一书的作者、俄国人顾彼得也在丽江生活了整整9个年头，他眼中的丽江又如何？"丽江很少为外界知道，是几乎完全被人遗忘了的中国西南部的古纳西王国……我一直梦想找到一个被重重大山阻隔了外部世界的美丽地方，并生活在那里，也就是詹姆斯·希尔顿在他的小说《消失的地平线》中所想象的地方。小说中的主人公偶然间发现了他的'香格里拉'，凭着我的设想和不屈不挠的精神，在丽江我也找到了自己的'香格里拉'"。

两位西方"独行侠"对丽江的一见倾心，对丽江的深情依恋，对丽江的无尽思念，竟如出一辙——他们既沉醉于丽江天地造化的自然环境之中，也痴迷于其遗世独立的部落形态及生活方式。

丽江，表面看似质朴无华，骨子里却有着令众生竞折腰的超凡魅力。

何以是丽江？

在丽江大研古城的街道上，每一块踩满了马蹄印的石板下面，仿佛都埋藏着一段如烟往事；行走其上的游人，仿佛能听见当年马帮商队吆喝前行的马蹄声和铃铛声；广场上那些拴马桩、铁旗杆和老店铺，仍在原地守候着亘古岁月……诸如此类的观感，当属世人对丽江产生的文化认同和价值共识。

然而，如果仅仅以“古意”名世，丽江既未臻上乘，也不具唯一性；如果只是为了寻找一座古代城池作为拍摄的背景，或者想要聆听一段古老文化的余音，那游人大可不必千里迢迢跑到丽江来。在中华大地上，这样的古城多得是。云彩、街巷这些风景元素亦并非丽江所独享，若论美丽、精致和诗意，也有许多地方不输丽江，甚至有过之而无不及。远的不说，近在咫尺的大理，其苍山洱海风花雪月足以媲美丽江，其或更胜一筹。

但丽江的风头为何能一时无两呢？

依敝人浅见，丽江除了拥有不可或缺的绝色景致之外，更得益于神秘玄奥的东巴文化加持。前者是瑞云雪山、曲街直巷、小桥流水人家；后者是洞经古乐、东巴文字、千年文化积淀。两者互为表里，相得益彰。丽江古老质朴的生活形态和源远流长的文化底蕴保存相对完整，世代子民居住在古城中繁衍生息，并保留着古老的习俗；古城奇特的大自然景观和历代相传的神秘民族文化也让古城魅力陪增。正是这种自然生态与人文环境和谐共生、美美与共，铸就了丽江的绝代风华，令人心生向往，为之倾倒，为之着迷。

丽江是一座活着的古城。唯其如此，当年联合国教科文组织在中国现存的90多座名城中反复甄别遴选，唯独丽江获得全票通过，被授予世界文化遗产的殊荣。

一位杂志作者以极为精准的语言将丽江的魅力归结如下：丽江之强在于其“高附加值”：其一为归属感，丽江令人产生家的感觉，有着属于所有到访者的共同记忆；其二为自然感，丽江天人合一的境界，可让到访者获取万物归元的感悟；其三为艺术感，丽江维持着文化对话的气场，让艺术工作在此处有着创造的力量；其四为超然感，丽江演绎着奢侈的感觉，让来者有着新奢侈的顿悟：空气、天空、人文理念，全在超然的奢侈中带来。

丽江慢生活

人依城居，城靠人存。一座城市的灵魂是人。

我开始关注起这片神奇土地上的真正灵魂——纳西人及纳西文化。

生活在这片大地上的子民，像极了那些飘浮在蓝天上的云彩，无拘无束，自得其乐。

这样的生活情景在丽江是再寻常不过了：山峦排闼，云雾缭绕，

璀璨夜色（倪黎祥 摄）

朴素的传统民居若隐若现。一位纳西老人在院门口闲坐，凝视着远方的玉龙雪山，他静默不语，随时吧嗒几口长烟锅，老伴儿则倚着他编织草筐；院落里猫狗伏地而眠，三五只鸡鸭逡巡啄泥；隔壁院墙喧嚣渐起，几个纳西女人低着头，聊兴正浓，手里上下翻飞编织着一张锦绣；一名纳西少女背着箩筐，从老人的门前经过，青石板路边的格桑花开得正艳……纳西人一直过着与世无争、超然物外的日子。

有人说，丽江是现代都市人观照内心最好的参照。只有栖身在丽江古城里，花上一段时间静观当地人与自然如何和谐相处，人们才能觉醒到自己在城市里头，在一贯公式化生活道路上的所得所失。

据说这个故事出自丽江文化名人宣科之口：一位《纽约时报》的记者到丽江采访，坐在四方街的一块石头上，观察着来往行人，他发现那些步履匆匆的行人基本上都是游客，纳西本地人永远是不慌不忙的。记者在街上坐了四个小时，一位纳西老妇人一直坐在他身旁。他问："老人家，您在干什么？"老奶奶回答："我在晒太阳。"记者就对她说开了："你们纳西人这个样子不行啊，动作太慢了。这样怎么可以进步？经济怎么可以发展？在纽约一些街道，人们走路速度比这里要快几倍，像跑！"老奶奶慢条斯理地说："我们所有人生下来都有一个共同目的地，那就是死亡。你们走那么快，是要跑到哪里去？"

故事真伪姑且不论，它蕴含的一些人生哲理却让人反思：我们当下的生活步伐是不是太快了？快得连我们自己都忘记了初心和目的？快得连灵魂都跟不上步伐？！

俄国人顾彼得曾描写过一幅近乎田园牧歌式的丽江图景："看呐，顺着山坡健步而下的是些鹤发童颜的美髯公。他们手持钓竿，腰挎鱼篓，从他们的欢声笑语中判断，他们对当天的享受和收获是心满意足的。一群聚精会神的生意人正对着一束束月季花啧啧称奇，那是在市场上做买卖时兼而进行的赏花活动。那些再过片刻就将从城里买回农具及日用品、小孩子的糖果的农夫们，他们坐在城里小石桥边自得其乐地指点着溪中游鱼。而那些匆忙赶路的白族木匠，斜挎着锯子斧头，却为高空飞过的白鹤的鸣叫而宁愿停下来进行评论和注释。凝视着玉龙山变幻莫测的云，舒适地躺在田埂上的人们，显然是田间歇气的农夫。在丽江县城，假若有某工场或作坊里的工人们心血来潮，想到黑龙潭边或文峰寺古柏林中来一次野餐会的话，他们的主人将毫不犹豫地下令停工一两天。至于此举是否危及他们的定额和收入，那倒不用担心，他们会做到两不误的。”

还是这位俄国人，在20世纪40年代撰写的一篇文章《纳西人的音乐美术及闲暇时光》（宣科译）中，谈到了纳西人对时间的理解：“在西方世界，特别是在美国，人们将大部分时间花在赚钱上面。而纳西人对时间一词的概念有着他们自己的价值观。时间是什么？它是一位文质彬彬的良师；是一位可以信赖的益友；是一种可被占有的宝物……何谓真正的人生观？真正的、现实的人生观是应在有限的人生中得到无限的幸福（或幸运）感。‘时间旅行’一旦终止，‘时间’一词的全部含义即告作废。但请你记住，想逃避在上述虚无中的生存吗？不行！要么勇敢地面对它；要么被其淹没。”

当年在与宣科老人对谈时，我并没有专门向他请教过这个问题，但窃以为，他对顾彼得所理解的时间观和幸福观秉持认可的态度。

顾彼得说：“我在丽江所看到的男人和女人都是有着人性的人，有着古雅风度的人，有着生命含义的人。相形之下，当我一想到一群群成天被禁锢在缺少空气的车间里工作的上海、香港和加尔各答的劳工们，真是不寒而栗！对于那些地方，纳西人宣称：‘我们不愿到那儿去，即使那里有金钱、美女等诱人的东西。’”

尽管我与顾彼得所处的时代相隔久远，迥然不同，但在我看来，纳西人身上体现出来的闲适、雅致和有趣，一些带有本质性的东西比如天性、宗教、文化基因仍然一以贯之，它似乎早已融入纳西人的血液中，渗入纳西人的骨髓里。

不仅是俄国人顾彼得，许多曾到访过丽江的文人骚客笔下描述的纳西人形象也都是那么富有情趣和充满智慧。

本土学者杨福泉在《丽江古城·序》中写道：“在熙攘浮躁的当今世界，丽江古城在人们心中已成为难得一闻的一曲远山清音、红尘牧歌。在大地上到处奏响着水泥狂欢曲，无数丑陋巨大的钢筋混凝土火柴盒在蓝天大地上肆虐的今天，正在觉醒的人们庆幸天地有情，给世人留下了这幸存之文明古城，感谢纳西人为中华民族保护并保存了这个凝聚着人类的诗意和创造力的文化瑰宝。”

来自灵山雪水的滋养

丽江人身上似乎有一种与生俱来的乐天达观，正是仰仗着这种精神，丽江人才得以战胜大地震带来的种种伤害，凤凰涅槃，浴火重生。

作为广州日报特遣采访队三名成员之一，当年我曾接受丽江市委、市政府的邀请，参加云南丽江大地震十周年纪念活动，回到了日思夜想的丽江，并写下过一篇采访札记，现辑录于此，以印证我的心路历程。

丽江十年

十年，意味着什么？

当年参加了云南丽江1996年2月3日大地震采访的本报报道组部分成员，接受丽江市委、市政府的邀请，回到梦萦魂牵的丽江时，不禁惊觉：十年，意味着沧海桑田。十年前，一场震惊中外的大地震猝然而至。顷刻间，丽江数万间民房轰然倒塌，数十万居民无家可归，数百人失去宝贵的生命，数千人遭受重伤，直接经济损失40多亿元。昔日丽江，满目疮痍；十年弹指一挥间，一座古朴典雅、欣欣向荣的世界名镇展现在我们眼前：国民生产总值以年均9%以上的速度增长；农民人均纯收入以年均11%左右的速度递增；城镇居民人均可支配收入年均增长8%以上。工业总产值年均增长5%以上；农业总产值年均增长6%以上；地方财政收入从十年前的1亿多元增长到今天的4亿多元；海内外游客从十年前的50万人次猛增至今天的400多万人次。今日丽江，旧貌换新颜。一天夜里，我们在街头搭乘一辆“面的”，凭残留脑海的模糊印象寻访当年的足迹。当年下榻过的佳美宾馆已不复存在，被正在兴建中的更现代的建筑物取代；当年曾冒着地震危险为我们烧饭的店主人一家，以及他们的小吃店，也已找不到踪迹；当年曾死气沉沉、人迹寥落的大研古城，如今却是披红挂绿、人声鼎沸；在当年那片不毛之地上，一座气派恢宏、规划宏大的新县城如今正在崛起……有时，我们甚至怀疑自己的眼睛，怀疑眼前的这座美丽的城市是否还是那个断墙颓瓦、破败不堪的丽江。心中的印象与现实的图景很难吻合，除非动用电影里蒙太奇的剪辑手法。

有谁，可以在十年的光阴里，将一个名不见经传的边陲小镇，一改而成为蜚声海内外的世界级名镇？如今的丽江，头上不仅戴上了三项世界遗产桂冠，同时成为“中国最令人向往的十个小城镇”之首，“地球上最值得去的一百个小城市”之一，“欧洲人最喜欢的中国旅游城市”“全球人居环境优秀城市”“中国优秀旅游城市”“全国十大文明风景旅游区”。当年的大地震，曾损毁了丽江，却也成就了丽江。

当地主人家时常谦虚地将这些归功于媒体，因此才有今天由丽江市委、市政府主办，玉龙县委县政府承办的“2·3”大地震十周年“丽江再聚首”活动。想当年，数百位新闻工作者冒着生命危险奋战在地震灾区，将丽江灾情和抢险救灾的最新消息及时传至祖国的大江南北、长城内外，乃至世界各地，让丽江的灾情牵动世人心。当中，就闪现着本报特派组成员的身影。没有媒体，就没有丽江的今天，这是当地官员时常挂在嘴边的话。这可不是一般的客套话，在丽江，在普通民众当中，我们更加真切地感受到丽江老百姓对新闻工作者的深情厚谊。所到之处，当地老百姓给予我们这些曾参加过当年大地震采访，如今前来参加纪念地震十周年活动的媒体记者的，无一不是真诚的笑脸、热情的问候和真诚的礼遇。有位司机告诉我们，他如今正在念初中的女儿早早立下了志向，将来要成为一名出色的记者。

在主人家的安排下，我们回访了当年曾遭受地震损毁严重的一些村落及民居，除了对眼前的事实彻底信服外，我们也找到了丽江重获新生的答案。

…………

丽江，缔造了人间奇迹。徜徉在古城丽江，胸中涌动的，是少许的遗憾、丝丝的怅然，而更多的，是旧友重逢的喜悦，是劫后重生的欣慰，是天翻地覆的酣畅。

…………

（节选自 2006 年 2 月 7 日《广州日报》）

古城古风难寻觅

丽江还是原来的丽江吗？

在丽江尚未充分商业化之前，我已经造访过它，要回答这个问题并不难，难的是自己的内心要直面和接受这种变化。

丽江的旅游业发展是中国改革开放以来城镇化的一个缩影。但随后过度的商业开发，既让丽江承受了世人诸多的挑剔和诟病，更可能让其陷入超常发展却难以平衡的泥淖之中。

丽江的蜕变并非一朝一夕。七赴丽江，让我得以见证丽江从朴实无华、不事雕饰到刻意造城、商业浸淫的蜕变过程。

大研古城的四方街是丽江蜕变的缩影。

采访大地震那年，前期忙于灾情报道，无暇造访四方街，直到春节将临，我们才抽空去了一趟。四方街是丽江古城的心脏地带。在清乾隆《丽江府志略》中就有记载："无日不集，四方男妇皆来。"大地震后的四方街是空城一座，当地百姓不敢回家，在县城空地安营露宿。拾级而上，古城最深处的老宅门户紧闭，顿显幽深、神秘和肃杀。有的门扉虚掩着，忍不住推开其中一扇，站在黑洞洞的门道往里看，依然可以见到那些遭到破坏的院落里，满是雕工细致的窗棂、扶手、廊檐——丽江人家的殷实可见一斑。让人啧啧称奇的是，尽管县城周边的一些房屋，包括中心地带的一些楼宇都被震塌了，或被震得龟裂出了大墙缝，但四方街的民居大多屹立不倒，安然无恙，体现了纳西人建筑学方面的聪明才智。

从古巷深宅悄然退出，走到广场一带，尚能见到零星人迹，甚至可以见到有人家在清溪前浣衣洗菜。来自灵山的雪水穿过大研古城汩汩流淌，千百年来贯穿了丽江人的日常生活。我们一边赞叹四方城千年不变的经典生活场景，一边感叹当地人代代相传的吃苦耐劳的祖训和传统。

练太极拳的外国小伙

次年春天，我们回到丽江。当时，从昆明飞抵丽江的航线已经开通，进入丽江再也无须驱车数百公里，承受翻山越岭、舟车劳顿之苦。

一觉醒来，丽江县城的清晨寒风凛冽。我们一路溜达，不知不觉来到当年下榻的佳美宾馆的院子，遇到一位正在练习太极拳的外国小伙子。这位头罩线帽、身穿海魂衫的外国友人正是慕名而来的游客。大地震之后，丽江声名远播，游人纷至。

在四方街，售卖民族工艺品的小贩正用半生不熟的英语与外国游客讨价还价，农民兄弟肩背一篓篓鱼肉和蔬菜赶圩归家。古城那条500米长的东大街正大兴土木，与古城风貌不协调的钢筋水泥建筑物已被基本拆除，平地而起的是一座座房屋的木框架，建成后将是一片片具有地方特色的纳西民居……此时的四方街呈现的依然是传统小镇模样。

参加丽江大地震三周年、五周年、十周年纪念活动，一次次重访故地，才慢慢惊觉，商业文化犹如雪山融水，悄无声息地影响着丽江的传统文化，昔日四方街的传统风貌几乎荡然无存：在清流里浣衣洗菜的，除了披挂纳西服饰的当地妇女，还夹杂着身穿各种时装、面貌各异的外地人；古城旧宅居住的多半不是原住民，而是来自全国各地的商贾；在青石板街巷闲荡的老人孩童少了，川流不息、熙来攘往的游客塞满了古城每个角落；一些老宅被改造为各式酒吧、饭店、客栈，鸡犬相闻、炊烟袅袅的旧时景致渐渐消失了，酒吧和CD门店正循环播放着一首首或舒缓或刺激的音乐……

被喧嚣包围的又岂止大研古城？

失落的束河古村

束河古村落与大研古城、白沙壁画是丽江的三朵“并蒂莲”，并列为世界文化遗产。

我曾三顾束河。

2003年非典过后，我才第一次来到束河（1996年首次探访

崛起中的纳西大宅

丽江，当时全身心投入大地震灾情采访中，竟然不知有束河的存在，遂与其缘悭一面），却是相见恨晚，既为它遗世独立将近千年感到惊诧，又为其至今能完好保留“日出而作、日落而息”的农耕村貌倍感欣慰。这里的民居呈现着古朴苍老的质感，长满青苔的台阶、井沿、雕花木门窗，见证了数百年人世间的风雨沧桑、峥嵘岁月；水草在一溪清流里随波轻曳，左摇右摆，姿态盈盈的仿佛在时间的长河里舞蹈；街巷深处，总能看到肩扛背篓的妇人，她们的皮肤泛着粗糙的高原红，笑起来很有感染力，仿佛把太阳的光辉藏进了身体里，再透过笑容散发出来，让人觉得分外温暖亲切。

初次探访，发觉束河的外围在大兴土木，商业街区雏形初现，而兴建商业街区，旨在保护内核景区的原生态。只可惜当时受制于非典疫情，束河游人稀少，商业街区的前景显得暗淡无光。

再访束河已是四年之后，此时大片商业街区已经成形，商贾摩肩，游人如鲫。但相比大研古城，仍不失岁月静好。在束河闲居时，我下榻小巷深处的一间客栈，隐约可见屋檐斗角，远山春树，一派田园风光。

当青苔再度漫过束河古宅的石阶时，我与家人又去了一趟束河，惊觉岁月已经改换了门楣。那是2014年夏天，在束河所到之处，目之所及，皆是各式店铺，操着各种口音的店主吆喝着买卖，所兜售的无非是些诸如银器、玉石一类千篇一律的货品。此时，无论是四方街还是束河，均已成为游客踏访和商贾云集的热闹街区，往来皆是异地陌生面孔，古朴宁静的氛围退隐至历史深处，难觅踪迹。据称，古城原来生活着6000多户纳西居民，早年我们到访四方街时，临街的铺面虽说也有辟作商铺的，但主要集中于经营餐饮、特产以及工艺品，且多由本地人打理，偶有外地人面孔，却不算多。自从旅游观光在丽江蓬勃发展以后，忽如一夜春风来，主要街道的1600多户人家纷纷开起了店铺和客栈。据当地政府部门统计，其中七成以上铺面由外来人员经营。古城里的外来面孔越来越多，犹如千年古树结出了奇花异果，呈现出一幅超现实的魔幻画面。

原丽江古城保护行动计划办公室主任段松廷不无忧虑地说，随着“人口的置换和空间污染，如果再不进行有效控制（规划），将导致古城文化主体的转移和失落”。

发展与保护的艰难平衡

诚然，丽江古城之美，得益于纳西先民的匠心独运和巧妙设计。玉河水系宛如一条飘带飘过古城，354座桥梁架设其上，令整个古城呈现出“小巷小桥多、户户尽枕河”的美景，而岸上屋宅连片，绿树成荫，更给古城带来“家家流水、户户垂杨”的意境……丽江地方政府在古城保护上历年做了不少工作，并进行了许多有益有效的探索。

大地震后，为了按照历史风貌修复、保护好丽江古城，使之永久传世，丽江有关部门专门组织编写了《丽江古城民居修复建设手册》，发放到丽江古城的每一户居民手中。手册对古城修复所作的规定出人意料的精细，甚至连一条条入户小桥也做了明确规定，河道宽在一米以上的才可以架设石板桥，宽在一米以下的只能架设木板桥。禁止架设混凝土桥和金属桥，不允许用现代材料进行装饰，等等。位于木府门口的石桥，就完全采用自然过渡的手法修复，让行人在不知不觉中已走过桥梁。整个古城的重建都严格遵循和贯彻这种与自然、人伦相和谐的建设理念，既师法自然，也是在传承和坚守文化传统，最大限度保存了丽江古城的文脉和精髓。

丽江举行大地震三周年纪念活动，我受邀重访故地，丽江市委宣传部安排各地媒体前往几公里外的丽江新城参观，由此我了解到建设新城的初衷，是为了一举解决历史遗留问题：一方面可以改善丽江原住民的居住和生活条件，另一方面让部分原住民从古城迁移出来，进行商业置换，既发展了当地经济，也可借此筹措资金对古城进行保护。

只可惜后来的发展有点急功近利，局面渐渐失控了。现代商业化大潮下，丽江的重建（或开发）未能有效避免文化割裂的难题发生。主观上，一部分久居老宅的居民急于摆脱原有生活模式，对融入现代城市美好生活的愿望比较迫切；客观上，不少百年老屋多为砖木结构，累遭虫蚁侵蚀，加之年久失修，早已不宜人居。随着商业大潮来袭，资本、外地人蜂拥而至，更加快了丽江原著民搬离老宅的步伐。

然而，老屋大宅却是纳西人的精神皈依。民居与原住民的关系，如同水之于鱼。任何一幢古建筑都离不开固有历史文化底蕴的承载，与当地民俗风情亦有着不可切割的血肉联系，正所谓“一方水土养一方人”。来自异乡的陌生面孔在百年老屋里出现，意味着时空错位、习性不符、气场不合，意味着与原有熟悉环境的割裂，它所承载的传统文化信息也就不可能完整了。

如今，但凡去过丽江的游客，恐怕无一例外都认为它过度商业化了。丽江从古风盎然的西南古镇迅速蜕变为莺歌燕舞的繁华胜地，其实正是改革开放后中国社会翻天覆地、迅猛发展的一个缩影。当人们捧读洛克和顾彼得当年的作品，眼前幻化的丽江映像还是原色的，质朴原始，不染尘垢；可一旦放下书本，踟蹰于丽江街头，面对喧嚣嘈杂、沸反盈天的场景，根本无从躲避，怅然若失。现代城市文明可谓无坚不摧，商业的侵蚀力更是不可小觑，现实中似乎还没有一种力量能够予以抵御和消解。

旅游开发是一把双刃剑，是一个两难选择，对原生态环境和民风民俗的保护构成严峻挑战。在如何兼顾原生态和国际化这一世界性难题面前，丽江人在做艰难的抉择，他们试图在两者之间取得一种微妙的平衡。

变与不变之争

千百年以来，丽江作为滇藏茶马古道的要冲，一直在拥抱机遇，勇于变化，这是与生俱来的文化基因使然。

相对于其他少数民族地区，丽江人是比较开放包容的。早在土司管治时期，丽江就注重对（除了纳西族之外的）异族的兼容。

清雍正五年（1727），实行“改土归流”政策后，丽江将纳西文化与汉文化进一步融合。千百年来的培育和传承，造就了丽江文化丰富多彩、兼容并蓄的特点。

变化，是丽江永恒的主题。

丽江古城的格局就是明证。古城内纵横交错的街道，正是从四方街这一商贸中心向四面八方辐射的，从中可看出古城最初形成于乡村集市，最终也因商业贸易而繁荣。实际上，丽江古城是一个由多民族、多姓氏、多手工业者构成的聚居体。四方街旁边有一条叫“建罗过”的巷子，因大理白族商人聚居而得名；城西南的“马金品阁”是藏族某位富商的宅院……古城千百年来的嬗变，除了受历代朝廷治边方略的影响，更与茶马古道密切相关。

但当代这次变化来势汹汹，甚于过往。人们有理由担忧，丽江能否扛得住现代商业文明的冲击？

早在20世纪初叶，作为“纳西学之父”的洛克就曾用历史的眼光客观评价过纳西文化，并预言纳西文化“或有被蚕食甚至灭绝之虞”。

云南本土作家夫巴在其著作《马蹄踏出的辉煌》中曾写下忧心忡忡的文字:“如果没有了纳西人,没有了炊烟,没有了纳西语言,没有了背着篮子在街巷穿梭的女人；没有了坐在街边或倾诉衷肠，或享受阳光的老奶奶；没有了在河边洗濯的小姑娘；没有了蹦蹦跳跳的少年；没有了笑声、哭声……就算河水怎样清洁，建筑如何精致，街道如何美观，失去了‘人烟’的丽江古城，还会是那个万众

作者采访丽江地委官员（董宝青 摄）

倾心、人见人爱的文化古城吗？”

作为曾经的主政者，丽江市委原书记和自兴却有话要说。当年他在接受媒体采访时，论及丽江的商业化问题，面对关心丽江的各路有识之士（包括艺术家、文化人等）提出的“任何带有功利性的开发都是一种破坏”的批评意见，他认为这其实是老话新谈。他说，纳西文化中最值得骄傲的，一是纳西东巴古籍文献，已列入世界记忆名录；二是确立的人与自然和谐共处的观念。纳西先民创造了灿烂的有形和无形文化，现在的问题是这些文化该不该再延伸？该不该再扩大？他表示，应该用发展的眼光来看待这个问题，不能一说保护就是静止不动。丽江是一个自然和文化的博物馆，但绝不是纯粹的博物馆。如果在充分尊重文化遗产的前提下，做适度的开发，造福后人，又有何不可呢？

和自兴说，丽江有必要学习、借鉴外部经验，但要说丽江古城商业味重，这既不符合历史，也不是现实，古城的商业远远没有达到历史上的鼎盛水平。丽江只是一个刚刚脱离原始积累的小地方，不能指望这个小地方的老百姓能一下子解决世界性难题。倘若以此标准苛求丽江，也确实太难为丽江人了。

诚然，和自兴的看法有其见地，也基本符合丽江的实情。但基于主政者的观点与外界的观感并不一致，有关丽江保护与发展的争论，仍将继续下去。

祝福丽江

犹记得，大地震过后第二年的春天，我再度探访古城。一路行来，古城处处生机盎然、万象更新。在绕城的溪水边俯首察看，突然发觉有一尾尾金鱼在游动。丽江本地并不产金鱼，那些金鱼显然是丽江人为营造和复原一种所谓的自然生态而刻意投放的。旅游经济如同这些在寒溪冰流中逆流而上的金鱼，一旦不加节制地引入，任其自生自灭，其未来的命运实在堪忧。

一些海外媒体早在十多年前就开始关注丽江被过度开发的情况。香港《远东经济评论》、香港《信报》和新加坡《联合早报》都曾有报道和评论直指丽江的商业化痛点。

海外媒体指称，1997 年年底，联合国教科文组织将丽江古城列为世界文化遗产，当时曾这样评价它：古城丽江把经济和战略重地与崎岖的地势巧妙地融合在一起，真实、完美地保存和再现了古朴的风貌。丽江1996年只有3000到5000名游客。1997年被列入《世界遗产名录》后，至2005年，游客数量已经猛增到了430万，随着游客的不断增加，丽江的商业气息越来越浓。

十年之后，联合国教科文组织在2007年年会中提出，包括丽江在内的六个中国文化遗产因“过度开发旅游及其他发展，可能对其传统价值有负面影响”，并表示，有可能将丽江列作“濒危名录”，最严重可吊销其“世遗”称号。

新加坡《联合早报》2011年曾发表过一篇名为《别迎了游客失了灵魂》的文章。文章称，十多年经济发展的同时，丽江就像一个淳朴村姑为生活所迫走进都市，接受了所谓的现代文明而变得扭捏做作、不伦不类。自开发旅游后，道路和机场的建设加速了丽江的对外开放，村民生活随着旅游业的兴起而变好。但是，经济利益及外来文化的冲击也使丽江迷失了自我。丽江核心旅游区大研古城，除了建筑保留尚好，更像是一个全国性的商业步行街，超过70%的商店业主非当地人。

“静止的景物是文化遗产，当地人的生活风貌则是遗产的灵魂，二者互相依存。一个景点少了当地人和他们的气息，徒有外表而没有灵魂，那么打造和保护的只是一座遗迹。”文章不无担忧地这样写道。

如今，丽江溪流里早已不见金鱼踪影，没有金鱼的溪流，依然不改本色，但被投放了旅游经济这尾“金鱼”的丽江古城，最终会如何面对时势的抉择和世人的挑剔？夫巴担心，那个一直以崇尚自然，鄙夷机巧；崇尚悠闲，鄙视匆忙；崇尚文化，轻视钱财为荣耀的纳西族，那个从未被洪水、地震、饥荒、战争所征服的骄傲而快乐的民族，在未来的日子里会被金钱的铜臭味熏倒，从此不再醒来。

但愿学者的忧思能让世人警醒。而身居他乡的我们，始终心系丽江，以足够耐性观察之，以绵薄之力扶助之，以真诚善意遥祝之。

祝福丽江！

丽江，我心归处！

2015 年 6 月 20 日撰写

2025 年 5 月 15 日改毕

目录

第一辑

丽江之上

第一章　纳西民居的美丽魂灵

呼吸、表情、性情三者合一

学者赵鑫珊在其著作《建筑是首哲理诗》中探讨人与居所的关系时曾有此高论："建筑是富有人性的一种造物，一种有呼吸、有性情、有表情的有机体。"

一路行来，发觉丽江纳西民居，正是一只有着丰富而美丽表情的建筑精灵。

先说呼吸。

纳西民居古风扑面，其宅院情结几乎千年不变。纳西民居大多是土木结构，县城多"四合五天井"，农村则多是"三坊一照壁"，也有一进两院的。"四合五天井"与北方四合院相近，四栋（面）楼房围成一个院子，加上四个漏角而成；"三方一照壁"是在一块宅基地上，以青石为基，松木为架，盖有北、西、南三栋楼房，东

纳西民居之照壁

面设一围墙（照壁），这种结构的宅院便于阻隔西北方的寒气，迎纳东方暖阳，大门朝东南开，构筑了一个温暖明亮的小院。民宅里变化最多的当属门窗格扇，起画龙点睛之功效，故套路最多。

再言表情。

造访纳西民居，造房者之心灵手巧令人惊叹。这些宅院的门楣窗棂多有精美雕刻，诸如“鹿鹤同春”“喜鹊争梅”，统称“四季博古”；亦有“双龙戏珠”“日月同辉”“金鸡独立”“燕子采茶”等传统工艺造型。除了取个好意头，更有审美功用。天井是纳西人家一处主要的生活场所，铺设在地上的鹅卵石被砌成“二龙戏珠”“暗八仙”等各种图案，图案四角必有蝙蝠造型，寓意“幸福”。院落多种植时花闲草，摆设各式盆景，院落外更是丽山秀水、绿树红花，庭院内外与草木山水浑然一体。纳西人足不出户，便可享受一派“采菊东篱下，悠然见南山”的怡然自得。

关于性情。

纳西东巴教的传统哲学将人与自然视作一种兄弟关系，居所讲究“风水”“灵性”“天人合一”的境界。纳西民居的门楼一般采用东向、南向或东南向，取“紫气东来”或“彩云南现”之意。纳西院落里通常不会缺少兰花、桂花、苹果、海棠以及香橼这些植物，让人自然联想到“兰心蕙质”“兰桂齐芳”等字眼，象征着主人家品质高洁、气质高雅。如今在其他地方香橼已比较稀罕，但在纳西院落中却随处可见。纳西人为何独爱种植香橼？据说是因为香橼只能嫁接佛手，其他的一概排斥，是纳西人处世态度的一种隐喻。不甘在世俗生活中随波逐流、只愿追逐人生理想。

纳西民居的建筑格局还体现了儒家文化倡导的尊老传统。正房一坊最高，坐北朝南，面对照壁，是家里最年长老人的居所，东西厢略低，则为晚辈出入之所。

丽江人祖祖辈辈赖以栖身的土居瓦房，低低高高，错落有致，既不乏“白墙黛瓦映红梅，古意盎然令人迷”的浪漫情怀，也令人生发一种“不知有汉，无论魏晋”的出世之感。“诗意地栖居在大地上”是人类一直追求的和谐人居美好境界，初见纳西民居，我便发觉它与这一境界颇为契合。

名人眼中的纳西民居

明代著名旅行家徐霞客在《滇游日记》中曾描写丽江古城“居庐骈集，萦城带谷”“民房群落，瓦屋栉比”“家家临溪，户户垂柳”，寥寥数笔，丽江古城的风貌便跃然眼前。

1922年5月9日，美籍奥地利人洛克作为美国地理学会赴中国云南探险队队长，千里迢迢来到中国云南。从大理至丽江途中第一次看到“像一座金字塔”似的白雪皑皑的玉龙雪山。那时“正值梨花、杏花和月季花盛开的五月”，洛克兴致勃勃地走进丽江城，他发现“无数玩具似的土墙木屋集中在山谷的腹地，潺潺流水穿过青石铺成的街道：虽然群山环抱但并不闷热，原因是北面那座雪山总是银光闪闪地俯视着这座有些奇怪的乡村城市”。

洛克著述的《中国西南古纳西王国》里有描述丽江的文字，丽江的民居最初并未给洛克一个好印象：“一片土砌的小房，还有一个集市，如此而已。”

俄国人顾彼得所作的《被遗忘的王国》一书中，有更多关于纳西民居的细节描述：“丽江房子都是两层的，盖有三方或四方边房，或者更多。不管大小，建筑式样都是一致的。下半截用土基砌成，按照主人的爱好，外面粉刷成白色、橘黄色或淡蓝色，用黑色或蓝色线条勾画出优雅的镶边。中央是石板镶成的院子，有三条石头镶边的高出地面的花坛。每方楼下的中层有四至六扇雕刻精美的合门。其他房间有雕花窗或花格窗。房间后面安上护壁板，遮盖住难看的土基。上头这一层是个宽大的房间，但有的相当低矮。这一层房屋可以随意分隔成许多小房间。因为纳西族很少有人喜欢住楼上，所以楼上通常作为粮食、庄稼和货物储藏室。由于屋顶没有天花板，板壁又没有高达屋顶，所以屋内微风习习。后墙上只有几扇窗子，而前面则有一长排窗面对院子，所以夜晚从雪山上怒吼而下的冷风吹来时，很难御寒。屋顶用沉重的土瓦盖成，依照汉族的传统式样，角落处稍微朝上卷起。所有的瓦都是灰色的，可是有时边缘上的白色线条会打破灰色的单调感。”

洛克、顾彼得对丽江自然景观的描述和喜爱远胜纳西民居，后者在他们眼里呈现的多是质朴原始之貌，却终究难掩粗陋寒酸之相。

到底是古人徐霞客所言客观，还是外乡人洛克、顾彼得描绘真切呢？细细推敲，徐霞客与洛克、顾彼得对丽江的观感其实大体上别无二致。徐霞客描述的丽江古城是个总体概念，着重于面，而洛克、顾彼得描摹的纳西民居则是由面到点，彼此各有侧重。宏观上的丽江民宅鳞次栉比，蔚为大观；细节上的则是外表朴拙，内藏玄机。还有一点不容忽略：过客与居者不同的身份，会令评价呈现差异。徐霞客作为匆匆过客，看到的丽江多是美好一面，却难以做到精细描述；而洛克、顾彼得则在丽江生活多年，他们最看重的是丽江民居栖身蔽体的功能，而不仅仅局限于视觉印象。诚然，洛克、顾彼得的文字基本上真实、客观还原了当年纳西民居的一般概貌，尽管过去了近一个世纪，当地民居的基本架构仍大抵如是。

房子是丽江人的命根子

听当地人说，纳西人毕生最大的追求就是拥有自己的房子（庭院式民居），从结婚开始，就要为“三坊一照壁”奋斗，他们可以忍受粗缯大布、清茶淡饭，却不能忍受没有一处像样的房子居家过日子。为此，他们往往把省吃俭用几十年的积蓄用来修房建屋。待到四五十岁时，儿子要成家立室了，又要帮其另起炉灶。如此祖祖

重建的家园（倪黎祥 摄）

辈辈，循环往复。这些倾注了丽江人大半生心血的宅院，在丽江人眼中到底意味着什么，自是不言而喻。

青石为基、松木为架、白墙灰瓦的农宅大院，一旦遭遇大地震被夷为废墟，纳西人将如何面对这种悲情时刻？生命中不能承受之重，纳西人当如何自处？

当年刚退休不到半年的金山乡中学教师和呈武，自家 25 间房子在地震一瞬间被震成了废墟。他站在废墟前默默沉思，废墟当中那棵光秃秃的苹果树衬托着他瘦小的身影，在晨光映照下，平添了几分苍凉。

这25间房子是和呈武老师动用毕生积蓄，全家人胼手胝足建成的，在和老师的儿子口中，它曾是“村子里数一数二”的房子。当年象征着财富的水泥地面、青石门楼，如今成了颓墙败瓦，却依然难以遮掩房子原有的气派。废墟中，还堆放着几箱广东佛山出产的陶瓷地面砖，和老师以不无伤感的语调说道，那是他买回来准备春节前用来装饰客厅的，想不到还没来得及动工，房子就在一夜之间坍塌了。

男儿有泪不轻弹，只是未到伤心处。当我们来到白沙乡的木天星家，这个曾经当过兵、壮实如牛的纳西汉子，好半天都说不出一句话来。陪同我们前去的几个年轻人告诉我们说，木天星头天晚上哭了一夜，差点就失去了活下去的勇气。

一个汉子伤心欲绝到如此境地，也是因为大地震震塌了房子。原来，木天星住进新建的房子尚不足一个月，两幢崭新的房子就在一夕之间给震没了，那可是他天天披星戴月上山打石头的辛劳结晶。为了节省时间和金钱，中午也舍不得下山多歇一会儿，啃的是干粮，一整天一口气干上十来个钟头，耗费了整整十年光阴。万万没想到，劳累的筋骨尚未舒展，乔迁的喜悦还没来得及享受，甚至还没有将工钱付给那些帮忙盖房的石匠，房子就在眼皮底下突然消失了。这教人如何不唏嘘惆怅，暗自神伤呢？

断断续续地诉说着这些时，木天星的神情十分悲戚。那时的木天星34岁，他说，盖这些房子花了差不多十年，却在片刻之间夷为废墟，如果重新再盖，恐怕又得花上十多个年头，那时他差不多就要老了。

当“就要老了”的字眼从木天星的口中脱口而出时，我的心仿佛被人用鞭子抽打一般疼痛。是啊，人毕生的心血，倘若一朝灰飞烟灭，不啻一场灭顶之灾！人非草木，岂能无情？面对此情此景，我也为之掬一把同情之泪。

这种情景在当年的丽江比比皆是。1996 年那场里氏 7.0 级强烈地震猝然而至，丽江地区共倒塌房屋 30 多万间。那一年，我们所到之处，一座又一座的村庄消失了，只剩遍地疮痍，满目瓦砾，许多丽江人一夜之间失去了赖以栖身的家园，每当谈起他们的房子，灾民们都欲哭无泪，欲诉无声。

这场灾难不仅毁掉了丽江的许多民宅，它带给丽江人的无言伤痛和心理阴影更是一时难以抹去。才六岁半正上一年级的小朋友敖浩然，画过这样一幅图画：废墟之上，残留几间东倒西歪的房子，画面的题字是“房子垮了”……

作者深入灾后空无一人的大研古城（陈韬 摄）

乐观豁达纳西人

在一片愁云惨雾中，也曾有一抹亮色，倔强地穿过残垣断壁透射而出。

那天，时近春节，丽江地区中南村的和村长将我们领到纳西族退休工人和廉的家里。所谓的“家”，其实只剩下了一扇大门。

进了和大爹的家，与年逾花甲的和大爹一打照面，才发觉我们此前已在新盖起的中南村抗震救灾小学打过照面。当时，我们前往中南村小学，打算把随身带去的文具分派给孩子们，在场的和大爹挥手示意我们暂停发放，原来，这位热心老人在极短时间内将村子里几乎所有孩子都召集到校舍，并吩咐孩子们一一排好队，静候我们分发文具。每当有孩子从我们手里接过文具，他就在一旁教导那些孩子向我们一一道谢。

那份古道热肠，犹如丽江的冬日，一直温暖着我们的心窝。

和大爹热情地张罗着让我们坐到一张沙发上，这张沙发就摆放在残梁颓瓦之中。太阳暖融融的，一如老人平和亲切的面容。甫一坐下，老人就指着周遭说，原有的三栋大屋全倒塌了，不过，在村子里，他家受灾的程度还算是较轻的。老人说话时语调轻轻，神情淡然，仿佛是在说着别人家的事儿。我觉得有点不可思议，毕竟眼前的颓败景象，教人的心情怎么也轻松不起来。

向灾区小朋友派发文具

“这没什么，遇上天灾人祸，最重要的还是要自救。”老人告诉我们说，他之前正好留有一些木料，手头也还有些余钱，正思量着怎样将房子重新盖起来哩。说罢，他哼起了“团结就是力量”的曲子。攀谈中我才得知老人参过军，军人那种特有的自信深深感染了大家。

“我们还要过个像样点的年。”老人扳着指头说，鸡、猪头、鱼、糯米饭拌白糖……老人罗列的这份团年饭清单，立马予人一番团圆想象：一家六口其乐融融围聚在简易棚内，共叙天伦，迎接新年。

和大爹让我领略到丽江人直面灾难、达观乐天的非凡勇气。经历过生死劫的人，也许更懂得什么叫生命，懂得怎样享受人世间每一刻快乐时光。

和大爹与许许多多普普通通的丽江人一样，祈盼新的一年能带来欢乐与祥和。当他听村长说大年初一村里将组织体育和文艺活动，以此让灾民欢度新春时，老人立即腾起身子，脱去外套，拉起村长和我的手，一边轻轻哼着，一边跳起纳西族打跳舞："啊哩哩，哗哗色……"老人的脸上漾满了欢乐。

此情此景，让我记起一则故事，说的是二战过后，在一个饱受战争蹂躏的国家，民众在废墟旁种下了一些鲜艳的花草，有人据此断言，这个国家将很快重获新生。

时年十岁的周荃小朋友是当地著名画家周霖的孙子，周家是古城的名门，周霖的爷爷、父亲两代都是举人，周家第二代举人把家从长江第一湾石鼓镇搬到古城，在栎树下买地建房，周霖就在这小院的木楼里画出了很多图画珍品，被郭沫若赞为"诗书画"三绝。大地震发生后，房子塌了，周荃小朋友心里难受极了，创作了一幅"家家流水、户户垂柳"的丽江古城风情画，小朋友说，"大地震震倒了很多房子，但我以后要建更多的房子，就像我画的这样的房子"。

恰巧，丽江大地震十周年纪念活动期间，我见到了周荃的姑姑，她在政府部门工作，刚好参与了那次接待工作。见到我们，她如见故人。说起周荃的近况，她说孩子长大了，却一刻不忘当年许下的诺言。

热爱生活、眷恋家园的人，哪怕面对天降灾厄，终究不会被压垮。和大爹、周荃小朋友这些热爱家乡、壮志满怀的父老乡亲，让我坚信纳西人凭借自己的双手，将在废墟中重建家园。

丽江必将凤凰涅槃，浴火重生。

纳西民居的坚实脊梁

丽江举行大地震十周年纪念活动，我们受邀重访丽江。

在主人家的安排下，我们回访了当年遭受地震损毁严重的一些村落，走进那些在灾后重建的宅院，看到纳西人如今幸福地生活在古朴雅致的“三坊一照壁”民居中。除了被眼前的事实彻底征服外，我们也找到了丽江重获新生的答案。

在重访的第一站黄山镇开文村，当我们站在村民和本宏漂亮阔大的四合院中央时，不由得瞪大了眼睛。这位年近花甲的老人在大地震时承受了巨大痛楚：失去心爱的大女儿，房子被夷为平地，无家可归。在政府和各方爱心人士的帮助下，他们一家6口人（其中4名劳动力）自力更生，重建家园。十年间，以务农和开车为生的和

家园重建

本宏一家陆续投入20万元，建起了大小20间房子。和本宏老人对当今生活的满足之情溢于言表。

在金山乡开元村老村长和耕田新盖的四合院，老人家只是简单向我们复述了当年地震惨况，他说的更多的，是关于重建后的幸福生活。他说，地震几乎损毁了全村，只得易地搬迁重建。由政府规划，每户统一补贴2.5万元，从1997年12月开始动工，自己又前后投入10万元，现在的大屋终于落成。一家5口人，两个姑娘外嫁，儿子开运油车，他与曾为小学老师的老伴如今在家安享晚年。

分别时，握着和耕田老村长粗糙有力的大手，我们感受到了一种真实的力量。正是凭借着一股自强不息、百折不挠、不认命不服输的执拗劲头，丽江人民在大灾大难面前不仅没有被压垮，反而挺直腰杆，抖擞精神，将大灾大难转换成发展的大机遇。当村干部领着我们参观已被地震夷为废墟的旧村址时，对比新村屋的簇新美观，一种沧海桑田、劫后余生的感触蓦然袭上心头。

我想，丽江民居之所以如此独特，是因为里面居住着的纳西人。唯有他们，才是纳西民居的坚实脊梁和美丽魂灵。

第二章　过年

丽江十里不同节。

丽江有许多极富民族特色的节庆日，诸如“二月八”“三月三”“三朵节”“黑龙潭歌会”等，但如同中原地区，春节仍然是纳西族人最重要的传统节日。

纳西风俗

农历正月过年在纳西语中叫“由本吉正”，又叫“库市”，意为“新年”。纳西人的春节习俗融入中原地区的许多特色，庆贺的形式亦大同小异：春节期间，丽江的纳西人家都喜欢在自家的花瓶里插上几束山茶花。正月新春走亲拜友，轮流做客，青壮年男子组织灯会节目，上演的都是本民族的故事，并与别的村寨展开竞赛。在丽江，春节的庆贺伴随许多祭祀活动，家家都要宰杀年猪，制作酸肝，酿制米酒。除夕要杀鸡、炖猪头祭灶君和祖先。就餐时，如有家人出门在外，餐桌也要摆上碗筷，象征全家团圆。大年初一早餐禁食荤，初二开始走亲访友，相互拜年，请客吃饭和互赠红糖、红饼、点心等礼物。

纳西人的春节习俗中也有许多与中原不一样的地方，最为隆重的当数祭天和祭祖。除夕吃年夜饭前，纳西人先要祭祖。丽江古城的年夜饭习俗，一个完整的腌制猪头是标配，煮熟后，要在猪嘴插上几朵野山茶花，抬到家里的神龛前，每人轮流向祖先牌位磕头。

大年初一到初三，丽江的纳西人家要带上各种祭品去祭祖。那几天，丽江古城附近的金虹山、蛇山等墓地集中之地，到处是络绎不绝的扫墓者。各家到了墓地，先要拜祭山神，每个家族的墓地都竖有一块石头，既象征山神，也扮演着近似“土地神”的角色——管辖一家人墓地。祭祀山神时，要祭献纸钱，还要祭献野山茶花，每个坟头都要插上几枝。另要祭献酒和茶水，纳西语称之为“日少类少”。然后，众人一一向祖坟磕头祈祷。

至于祭天，则是纳西人最盛大的节日，也是东巴教最隆重的仪式之一。祭天在纳西语中叫“美本”，“美”是“天”之谓，“本”意为祭。按传统习俗，一般每年举行两次祭天仪式，第一次是在农历新年，称为大祭天；第二次是在农历七月，称为小祭天。

古老的东巴象形文经典《创世纪》中对纳西人祭天的典故有记载。纳西人自认为“纳西美本若”，意为“纳西是祭天的人”，在过去，纳西族把祭天作为民族的主要特征，可见祭天在纳西人心目中的神圣地位。

大祭天一般都选在正月中上旬举行，同时要选好祭天场，通常纳西每个村寨的祭天团体都会在附近风景优美之处设置专门的祭天场，并将其视为神圣场所。很多村子会选择在古老栎树丛生的地方举行，盖因栎树是纳西人心中象征天神的树。东巴古籍记载：古代祭天有用一头黄牛为祭牲，并放生另一头黄牛的习俗。后世则普遍用猪当祭牲，放生一只鸡。祭猪由各家轮流饲养，每年一户一轮。祭天由祭天东巴（有的村寨会推选德高望重的老人）担任祭司，每一程式都要由东巴诵唱相应的近万行的祭天经诗，构成洋洋大观的祭天长歌。然后是宰杀祭天猪，各家各户都要捐大麦、小麦用来酿酒，做饵块。祭祀前要清扫场地，搭棚，布置祭场。随后举行焚香、诵经、向诸神跪拜献酒、磕头进香、尝酒、杀猪大祭等仪式。

在丽江民间素有“达瓦纳西努”之说，意思是“腊月间，纳西人发了疯”，春节之前一段时间，大研古城的街市便已热闹非常，人山人海，纳西人过春节的盛况可见一斑。

趁墟

“疯”不起来

1996 年那场大地震过后，纳西人根本“疯”不起来，他们是如何度过第一个不同寻常的春节的?

春节临近，县城渐渐恢复生机。街上行人多了，黑龙潭公园也渐渐热闹起来。老百姓都在忙着置办年货，郊外农民纷纷从田野采摘新鲜蔬果，运到城里的农贸市场叫卖。

除夕一大早，当第一缕阳光洒在大研古城的石板路上，我来到大研农贸市场，只见不到100米长的市场里，到处人头攒动，喧闹不已，丝毫不见震灾的形迹。纳西族妇女穿着“披星戴月”的服饰，背着竹箩，在市场来回穿梭，神情轻松地采购年货。跟随她们的脚步，我在市场巡视了一番，只见摊位摆满了猪牛肉、大白菜、山芋、土豆、豆芽、西红柿等各类肉食菜蔬，价格比地震之前还略有下降。一对摆摊卖菜的中年夫妇自称大研古镇的农民，大地震震毁了家里的三间房屋，当春节来临，他们把孩子放在家里，大清早就跑到市场卖菜，想着尽量多赚点钱用来修复家园。他们说只摆摊到中午，一收摊就要赶回家做团年饭，与孩子们共享天伦之乐。

同样是这天清晨，在金山乡开元村，阳光照射在一堆堆的废墟之上，仿佛给这些废砖弃瓦贴上一层薄薄的斑驳彩纸。一个简易的抗震棚就在那一堆堆废墟的空隙地带迎风而扎，其中就有金山乡退休教师和呈武临时的新家。棚子前的一口大锅里，热气蒸腾，沸水翻滚，和老师顺手掀起了锅盖，只见一大锅热水里，正煮着一个大猪头，这个猪头看样子起码已经熬上好几个钟头了。听和老师说，纳西人过春节，每家每户都要煮上一个猪头。

此时，和呈武的家里只有老两口在忙活。和家有四口人，小儿子和耿忠在昆明钢铁总公司工作，春节假期因为要加班，不能回家过春节。在县木材公司工作的大儿子和耿兴，整个上午都在外头忙着置办年货。大家正拉着家常，和耿兴推着一辆自行车回家了，车上系着一条 1 公斤的鲫鱼和 1.5 公斤的鲜猪肉。他拎回的年货里，还包括父亲喜欢喝的黑米酒和母亲喜欢喝的可乐。询问之下得知，现在丽江的市场里，鱼和猪肉的价格跟大地震前差不太多。

和老师神情有点黯然地说，往年过春节总得弄上十来个菜，今年只能弄四五个菜对付一下。

天意弄人，一场猝不及防的大地震，让和老师神思恍惚，连过节的心思也没有了。

没有心思过节的不独和老师一家。

下午时分，白沙乡文荣人村和耀伟家。这原本是一个融合了多个民族血液的家庭：和耀伟的爷爷是藏族，和耀伟自己是纳西族，他的妻子则是汉族。如今，这个四世同堂的大家族挤住在一个用帆布搭成的帐篷里。和耀伟的妈妈脚不沾地忙着置备年夜饭，这一大家子这两天光买年货就花了差不多200元钱，但听和妈妈说这仍不够，往年全家人坐在一起吃团年饭，要用两张桌子，摆上15个碗盛放年菜，今年就有点捉襟见肘，只能有多少算多少了。

和耀伟说：“春节不能不过，但过起来却又一点心情都没有。”

贴春联

纳西人十分注重传承传统文化，往常除夕这天，丽江古城家家户户都会贴春联和门神，还在家里的每个花盆上贴一张写着“春”字的红纸。但这年的春节前夕，在我们到访的一些灾民家中，门楣上张贴的却是白底黑字的丧联，一望便知这些人家在这场地震中失去了至亲。日晒雨淋之下，这些丧联松松垮垮地在风中飘零，平添了一股凄凉意味。

白沙乡文荣人村，酿酒个体户木基和家。木基和家酿制的“木家古窖”号称是纳西族传统名酿，远近闻名。当年英国女王访问云南，时任云南省省长和志强是纳西族裔，请女王喝的正是“木家古窖”。但这场突如其来的大地震将木家窖藏长达三年的4吨多存酒损毁得所剩无几，仅此一项，木基和就损失了差不多70万元。

木基和在村子里横竖也够得上半个文化人，但今年不见他贴春联。他说往年过年家里贴的对联都是自己写的，但今年犯难了，怎么写都觉不妥，昨天夜里想了整个晚上，原本已打好腹稿，但早上起来又推翻了原来的想法，后来改变主意，干脆今年就不贴了。向木基和打听，才知道他原先拟好的春联是：“哭也罢，笑也罢，说不透，讲不清，苍茫人间；情可连，意可通，言正随，理正顺，何畏当空。”这副对联可谓道尽了纳西人劫后余生的百般况味。

木基和说，纳西人在众多的民族节日中最喜欢过春节，往年一入腊月，过年前半个月，纳西人就快活得不行，打酒、杀猪、忙

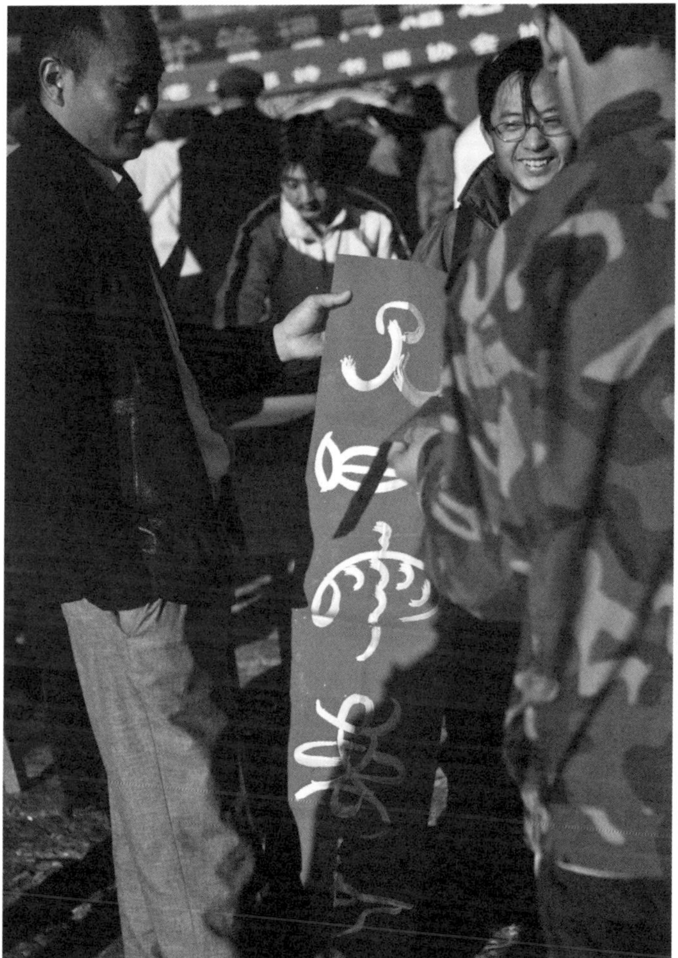

大研古城的春联摊（倪黎祥 摄）

着置办年货。但 1996 年这一年春节由于大地震，纳西人怎么也快乐不起来。

时近黄昏，太阳却未西下。缕缕炊烟在一片片颓垣断壁中袅袅升起，阵阵肉香夹着饭香从一间间简易的防震棚里飘出，这里正是地震重灾区之一的黄山乡中海村。

踏着一片片残砖碎瓦往村子里走去，来到村民李中礼的家中。李中礼在这场地震中失去了老母亲，四幢房子全部震毁。李家此时也是在防震棚暂且栖身，李中礼妻子正在刚刚垒起的灶台前忙活，铁锅里烩着年菜，掀开锅盖，一阵热气腾腾的浓烟散后，终于得见纳西人典型年菜的“庐山真面目”：一只大猪头、两只鸡、一只鸭，旁边一个脸盆里还盛着两条冻鱼，灶台旁还有一堆莴笋、白菜、大蒜。李中礼说，那些肉呀鱼呀都是政府送的过节慰问品。听他说，这些天来，与村中的灾民一样，李家领到大米、棉被、冬衣、白糖、鱼肉、糕点、糖果，连大铁锅和碗筷也是新领到的，这是政府为了让灾民度过灾后最艰难的日子，特别是过好春节而发放的。

李中礼不时拨弄头上缠着的白布帽子，那是为地震中丧生的老母亲戴的孝。他不断叹息道：“往年过春节，村子里放鞭炮、贴春联、跳舞、唱歌，好不热闹；今年遇上地震，老娘走了，屋子塌了，我们三年之内既不会饮酒，也不会贴春联了……”

断壁残垣生炊烟

像李中礼这些灾民，与相依为命的母亲瞬间阴阳相隔，一辈子胼手胝足建成的楼房转眼夷为平地，要在短时间内拂去心头的重重阴影，抚平心中的巨大伤痛，是绝对无法做到的。每逢佳节倍思亲。春节的临近更加勾起了他们对故去亲人的深切思念和深情缅怀。李中礼妻子凝望着倒塌的房子发呆，李中礼则继续说道：“除夕，我们纳西人本来是要团圆的……”

这里是金山乡新团行政村洪良军家。洪良军正在防震棚旁边赶着搭建厨房，洪良军的妻子和女儿则蹲在旁边的空地上，往那口用砖块垒起的炉灶里添柴，炉灶上坐着一口大锅，锅里正煮着一只猪头，这只猪头是从废墟扒拉出来的。洪家在村子里算是殷实人家，原有的四幢 20 间房子，却在大地震中毁于一旦。他朝厨房的方向指着说：“今年团年饭就在这里吃了。”被问及大年三十吃过年夜饭后怎么过，这个中年汉子苦笑了一下，幽幽说道：“将就着过吧。往年吃完年饭，接下来就是看春晚节目，如今没电了，只好听听收音机。”

临走前，我将一副从广州带来的春联贴在洪家的门楣上。这副春联的横批正是：“一样过年。”喜也过年，哀也过年，这副春联同样道尽了此时此刻丽江纳西人的复杂心境。

生活还要继续

黄山乡中海村的村长说，45年前，这个村子也发生过一次大地震，全村房子都倒塌了，死的人是这次的两倍多，当时也得到四面八方的支持和救援，不过这次救援大军来得更快，村民得到更及时更大量的救助，死伤人数大大减少。“社会进步了，发展了。”老村长感慨地说，“这两天，村民们除了忙着办年货，还不忘给田里的蚕豆、油菜花施肥……”

大研农贸市场一个春联摊前，一个皮肤黝黑、模样老实巴交的农民正在挑拣春联。攀谈之下得知：这位农民兄弟名叫和志清，来自地震重灾区金山乡中济村，他家中18间房屋全被震塌损毁，但震后第二天，他的大儿子仍在危房里举办了婚礼。就在除夕这天，他从离县城6公里的家中骑自行车进城置办年货，特意买上一副春联，上联“地震波随寒冬去”，下联“寒花笑迎新春来”，横批“重建家园”。

除夕这天，来自丽江的兴文小学、白龙潭小学、兴华小学、实验学校、义和小学等学校的十位小朋友，齐聚在兴文小学即席挥毫。为了答谢广州铁路第一小学周玮等五位广州小朋友对灾区小朋友的问候和捐赠，他们决定每人画一幅画回赠。由于大地震将校舍震塌了，桌子被压在废墟下，孩子们只好将白纸铺在地上作画，四周以石块充作镇纸，以防画纸被风吹起。孩子们趴在地上，神情专注地描画着他们心目中最美的图画。八岁的梁倩小朋友画了一幅玉龙雪山，画面上呈现青松、鲜花和房子的构图，以此表达她对家乡的热爱。她在图画上题字：“玉龙雪山没有倒，丽江人民没有倒。衷心感谢广州市的爷爷、奶奶、叔叔、阿姨、哥哥、姐姐和小朋友们。”

孩子们的心灵是纯真的，愿望是美好的，图画更是美丽的。在我眼中，这些天真无邪、善良朴实的孩子们，冲淡了丽江灾后第一个春节的哀伤、灰暗、沉郁的氛围，也让当地百姓获得了继续生活下去的勇气和力量。

丽江，那个不一样的春节。

第三章　婚礼，烟火般璀璨

纳西乡村婚礼

大地震后第二年的隆冬，我们重访丽江。

甫下飞机，我们就直奔佳美宾馆。当年奔赴丽江采访地震灾情，我们在这家宾馆住了大半个月，对其颇有感情。印象最深的是那些年轻热情的服务员，由于经常出入打照面，一来二往混熟了，感情日增，大家可以像老朋友一样互开玩笑。我们曾半开玩笑半当真地怂恿过一位同事，去追求当中一位高挑秀气的女孩子玉梅。

这次故地重访，自然要先来这里。

玉梅见到我们前来，欣喜异常，一番寒暄过后，她说过一会儿要去邻近的村子参加一个纳西族女孩的婚礼，那人是她的好朋友。玉梅想邀请我们一同前去，在电话里征得朋友的同意后，玉梅

作者与玉梅（陈韬 摄）

就带着我们匆匆赶去婚礼现场。

人在旅途，第一次被名正言顺地邀请参加一个陌生人的婚礼，心中充满期待。车子驶出县城后，又在村道上开了好一阵子，才在一个门楣挂着红布的院子门前停了下来，迈进大门，一座典型的纳西族四合院映入眼帘：阔大院落里，冬日阳光下，一些人三五成群闲坐于各个角落，多是些身着纳西民族服装的老年人，也有些顽皮的小孩四处跑动；几个年轻人在明晃晃的阳光下摆龙门阵，玩着麻将牌，此时大概是中午一两点钟的光景，好在高原的冬日阳光不太猛烈，晒起来倒是让人感觉暖融融的十分惬意。

在大院转了一圈，见到厢房的梁柱上贴满大红的喜庆条幅，里面坐着一群纳西男人，他们也在玩着麻将牌；坐北朝南的正房里，一些中老年妇女围桌而坐，打的却是扑克纸牌。这种情景看起来有点奇怪，似乎纳西人的群体社交活动是以性别和年龄划分圈层的。

身着漂亮民族服饰的年轻姑娘和小伙子在房内一角相互整饰穿戴，这些伴郎伴娘正准备跟随新郎出门迎亲。一转眼，玉梅也不见了身影。直到此时新郎和新娘仍未露面，估计不是在前去迎亲的途中，就是在归来的路上。

我们在一个素昧平生的纳西人宅子中静静守候，闲来无事，

乡村婚宴

便寻至新房察看了一番，新房布置得干净整洁、朴素大方，但要不是两床大红和绛红色的新簇棉被堆叠着，加上房内张贴着的大红“喜”字，也很难让人将其与新婚吉庆联想到一块。

不知过了多久，听到有人招呼吃饭了，我们便步出屋子，走到大院里。只见院子里横七竖八摆了几十桌宴席，这些宴席其实是由几组矮短的四方桌子拼成，众人入席，就随意坐在矮小的凳子上，随即鱼肉酒菜鱼贯而上。新人的亲朋好友和村中五十岁以上老人都是座上客。此时此刻，丽江冬日的阳光下，一个纳西人的四合院子里，觥筹交错，笑语盈耳，众人在大开牙祭。

我们见证的是一场纳西人简朴的婚礼，虽然只是前奏，但这种质朴自然的婚礼场景，充盈着一种令人内心平静满足的和谐，一种于平淡处享受生活美妙的乐趣。在当地人眼中，一切的生活安排都是最好的，都是天经地义的。这是一种生活的智慧。

独特的婚礼仪式

直到吃完午饭匆匆离去，始终不见那对新人出现，最终与其缘悭一面。因有采访任务在身，婚礼的高潮部分，我们已经无法亲历了。

听说，传统的纳西族婚礼有诸多讲究。这里先说说婚礼的高潮部分——结婚仪式。

结婚前两天，纳西人要举行新娘“洗头”仪式，即男方家请几个少女，到女方家中，边嬉闹边拉着新娘“洗头”，脸盆中丢进铜钱和一种红色西瓜籽，以图吉利。结婚前一天，男方要把两家议定的彩礼悉数送到女方家中。彩礼是偶数或成双成对，诸如玉镯一对、茶叶四包等，寓意吉祥，象征美满。当晚在新郎家

一对纳西族青年喜结良缘（倪黎祥 摄）

要举行“铺床”仪式（请男女双方的姨妈、姑姑和舅妈等铺新床，在新床的四角置放红枣、花生、桂丁、松子，寓意“早生贵子”），要“压床”（新郎约上一个父母双全、兄弟较多的男孩同睡一晚，如果男孩尿床更是好兆头，象征着婚后子孙兴旺）。结婚当日，迎亲队伍吹吹打打前去迎接新娘，新娘家门户紧闭，迎亲队伍要“叫门”。这种“叫门”仪式在纳西地区不拘一格，妙趣横生。最有趣的当属对唱山歌，门里门外你问我答，一唱一和。直到双方戏谑打趣够了，房门才会打开。接亲的队伍回到男方家门前，还要经过一个仪式，就是新郎要引领新娘跨过门槛正中包有红纸的马鞍（意味着女方从此成为男方家中一员）。

据说结婚这一天的新郎家与往日大不相同，随处可见的红纸喜联透着欢快热烈，院中用青松扎成彩棚，地上铺着绿地毯般的青松毛，纤尘不染，清香满院，院子上方搭起宽大的篷布，使婚礼显得更加隆重。

俄国人顾彼得在《被遗忘的王国》一书中，曾详细刻画了他的丽江好朋友吾汉的传统婚宴场面：

“吾汉的家简直成了仙宫。马厩、谷仓和老院子都不见了。相反，有许多凉爽而高雅的房间，用雕花的隔板和珍贵的藏褥子装饰起来。沿墙摆放的宽长凳子上也铺着褥子。一块宽大的条纹遮篷盖住整个院子，地面铺着青松毛，像柔软的地毯。所有那些难看的角落和裂缝都用树枝和野花环覆盖了。遮篷底下飘着彩纸条，中央挂着一个飘飘扬扬的吹大的玻璃球。后墙根处棚屋内搭起了临时厨房，妇女们已经在忙着为明天的盛宴烧煮了。”“早上。‘防洪闸’——大门一开，人流涌进屋内……男人送的礼钱源源不断，妇女们的礼物绝大多数是一份份的大米、麦子、红糖、瓶酒、鸡、鸭、猪肉和酥油饼。”

“大约下午两点钟，新娘用轿子抬来了。于是燃放鞭炮。她及时从火盆上跳过去，进行了撒米仪式。接着宴席马上开始了……太阳下山后我们又吃了一顿饭……不久，屋里的人开始出去了，外边草地上烧起一大堆篝火，因喝酒而面颊发红的姑娘们已经开始起舞，伙子们马上参加进去。他们跳的舞蹈像非洲的康茄舞。伙子把手搭在领头的'潘金妹'的肩上，另一个姑娘把手搭在这伙子的肩上，如此连接下去，直到一条长龙围绕火堆，按照歌声的旋律，慢慢起伏波动。他们缓缓行进，每隔一定时间向旁边踏步，舞蹈不用乐器伴奏，歌词临时凑成……他们继续跳着舞，彻夜拖着脚走，从不停息……这些舞蹈者近百人，来自远处的村庄……的确，舞蹈到了黎明才停下来。"

这就是纳西族人典型的传统婚俗，但随着社会的发展和文明的进步，有些婚俗被保留下来，有些则被淘汰了。

在纳西人传统婚礼风俗里，许多准备工作早早就提前做了。"在城里结婚是与人力无关的小事，喜庆活动局限于一小段街区内；而在农村那是一件大事，家家户户都很关心。准备工作数月前就开始了。结婚仪式是大型的社交活动，它更新和加强了与邻村的友好，它提供了相隔很远的老朋友互相见面的机会。"因此，顾彼得说他参加城里的婚礼更多是出于礼节，他更喜欢参加农村的婚礼。村子越是遥远，越是落后，他前去参加的兴趣就越大。

在过去，纳西族人与汉族人一样有的是娃娃亲，有的是等子女长到一定岁数，家中长辈便开始为子女的终身大事张罗操劳。先是姑表之间、姨表之间，再是表中之表、表外之表地一圈圈向外延伸。物色对象的程序即锁定目标，重点筛选，在占卜两人的生辰八字后，如果发觉双方相生无克，就让“米拉卜”（即媒人）提上酒去提亲。他们将订婚称作“喝酒”，但这酒可不是随便就能喝的。喝酒前，女方的父母和舅舅等家中长辈会对对方进行全方位的考察，哪怕对男方十分中意，也不能立马答应下来，要经过男方家长三番四次上门恳求才能答应这门亲事。应诺时，双方的至亲和媒人会痛饮男方送去的酒，这个仪式就称为“喝酒”。“喝了订婚酒，姻缘注定了。”这是纳西人世代相传的古训，一旦烧酒下肚，就算是烧烂肠胃也不得反悔。

顾彼得在《被遗忘的王国》一书中向读者精心描述了“送酒仪式”：“大约有十个婆娘，头戴光彩夺目的新黑‘姑姿’，身穿丝绸外衣，腰系彩带，丝绸裤子在脚后跟处扎紧，脚穿在脚趾处朝上翘起的绣花鞋。她们排成军事队列行进，四人并肩走在街上，眼睛直看前方。大约十个‘潘金妹’尾随其后，服饰相同，不过她们头戴红色纽扣形状古怪的黑色汉族便帽，而头发编成长辫子。领头的姑娘提着一个擦得发亮的黄铜酒壶。壶上有红纸条

新娘

装饰，纸条上写着表达吉祥如意的汉字。另一个姑娘用铜茶盘托着一对玉手镯。其他姑娘的茶盘里有木梳、香水、牙刷、香粉等。这样，每一个婆娘或‘潘金妹’各自用盘托着一样或另一样梳妆用品。她们非常端庄而又文静地走过街上，向过路人宣告即将来临的婚期。”

说到向过路人宣告婚期，我想起在丽江大地震十周年纪念回访丽江期间，在一处农村的寨子里曾见到一拨新人队伍的情景，却至今搞不清这是婚前告知婚讯的仪式，还是婚后省亲的过程。只见新郎一袭灰色西服，新娘则是典型的汉式服装打扮，上身一袭大红对襟高领紧身丝绸短袄，下身则是黑色带绣花的丝绸长裤，头发盘髻，扎几朵红花，土气中又透着几分俏丽。身旁几个看样子是伴郎伴娘模样的年轻人，男的或穿海青色的长衣长裤，或穿黑色皮衣，女的则是上身穿羽绒衣，下身着长裤子，外面再罩一条青靛色的净色裙子。这些人身上的服饰虽不统一，但不论男女头上都一律戴着饰以条纹的长舌帽子，只有新娘例外。这种中西合璧的装扮奇特有趣，我马上奔跑过去，将镜头对准他们，准备一顿狂拍。新娘见状停下了脚步，转过身来，展露如花笑靥，好让自己以最美的姿态入镜。

喝酒之后是择日订婚。“婚礼前，新娘家要用一队人马把嫁妆送到新郎家。嫁妆包括家具、被褥和闪闪发亮的铜器炊具。”顾彼得在《被遗忘的王国》里描述道。当中最具纳西特色的当属铜器和七星羊皮。铜器有红黄铜之分，红的热烈、黄的灿烂。七星羊皮则是纳西妇女的传统服装。

当然，现实中，即便喝了酒，这门亲事也并不意味着铁板钉钉，有时会节外生枝，从而衍生出种种千奇百怪的纳西习俗来，诸如殉情、抢亲、跑婚……

特殊婚礼

纳西族人骨子里有一种安天乐命、直面苦难的秉性，平日里或许不太显山露水，在一些特殊时刻却会突然迸发出来。

来自重灾区金山乡中济村的农民和志清，家中18间房屋全都被震毁，但在震后第二天，他仍帮大儿子在危房中举办婚礼（见《过年》一文）。常人似乎无法想象这种特殊场合的婚礼呈现的是怎样一种场面：喜不自胜满堂欢笑？喜忧参半悲欣交集？

透过《春城晚报》记载的一则新闻，纳西人在那个特殊时刻展现出来的人性光辉跃然眼前。

1996年2月13日下午，丽江纳西族自治县金山乡鸿文村举行了一场热闹欢快的婚礼。

下午4时15分，武警部队三支队队长、这次婚礼的主持人杜筑华宣布婚礼开始，噼噼啪啪的鞭炮声响之后，三支队军乐团吹奏起《婚礼进行曲》，这时一对新人在伴娘（军乐团队员周娇）和伴郎（军乐团队员周勇）的陪同下，来到了亲友中间。新人双双满怀深情地向来宾鞠躬，向三支队军乐团全体官兵鞠躬，感谢武警战士为他们操办了这场婚礼。

这对新人——新郎和文军、新娘木金仙，原定于2月4日举行婚礼。2月3日下午5点钟左右，新娘按纳西族的风俗，在女伴的陪同下，把嫁妆送到新郎家。刚把东西摆设好，忽然发生了地震，新房两面墙倒塌，导致原定的婚礼不能如期举行。

2月8日，武警三支队军乐团来到鸿文村帮助灾民抗震救灾。当他们得知和文军、木金仙未能如愿举行婚礼时，主动提出帮助他们搭盖新房，经过一下午的奋战，一室一厅的新房盖起来了。征得新人及双方父母的同意后，三支队为这对新人举行了一个不平凡的婚礼。

（见《春城晚报》1996年2月14日，记者：沈秋琦、周南）

无论是素未谋面的和文军，还是仅有一面之缘的和志清，这些普普通通的纳西人，令我的脑海中一再浮现出这样的字眼：知足、达观、重承诺、懂感恩。这种纳西族人世代相传的文化传统，一直镌刻在他们的基因里，在某些人生至暗时刻，透过一些特殊的表现方式释放出来，犹如在漆黑夜空中霎时绽放的烟火——璀璨绚烂，惊艳无比。

第四章　孤独的洛克

初抵丽江，我对洛克几乎一无所知。

直到第二年重访丽江，我们听从当地人的提议，前去参观洛克的旧居，才粗略拼凑出洛克的人生画像和生活轨迹。

越是走近洛克，越是疑窦丛生：他曾周游列国，世界上美丽且宜居的地方何其多哉，何以对偏居一隅的丽江情有独钟？丽江美丽且宜居的地方又何其多哉，何以偏偏独爱玉龙雪山下的玉湖村？“独在异乡为异客”的他，平日是如何与纳西人一道进行考察探险的？他为何终身未娶，一生献给丽江的古纳西王国及其动植物的研究事业？他的著作曾经影响了一代人，据说英国作家詹姆斯·希尔顿的畅销小说《消失的地平线》中描写的世外桃源“香格里拉”，即脱胎于洛克的一系列学术文章。具有传奇色彩的洛克与神秘的“香格里拉”到底是何关系？……

透过洛克的著作和他人的相关著述，我试图走近这个被外界视作“怪人”的传奇人物，探索其独特的人生经历及其丰富的内心世界。

何以是丽江?

有的人天生不安分，洛克就属此类。1922年，美籍奥地利人约瑟夫·洛克以美国《国家地理》杂志探险家、撰稿人、摄影家等身份，从泰缅边境进入中国云南，然后从滇南思茅（今普洱市）辗转到滇西北的丽江，在玉龙雪山下一住就是27年。

在此之前，洛克浪迹天涯，居无定所。他出生于奥地利维也纳一个古板教条家庭，父亲是一名严厉的男仆，认定自己的儿子应该成为受人尊敬的牧师。母亲在其6岁时就去世了，母爱的缺失使其性格内向。洛克自小耽于幻想，大学预科刚毕业时，因与父亲抗争而逃离维也纳，转而在欧洲各地流浪，靠干一些粗重活赖以为生。20岁那年，他混上一艘驶往纽约的客轮，受雇为船舱服务员，前往美国谋求发展。两年后，身无分文又饱受结核病折磨的洛克辗转去了夏威夷，那里的潮湿空气令其疾病大有好转。在那里他展露了非凡的语言天赋，掌握了汉语、阿拉伯语等多种语言。他还毛遂自荐，在一所中等专业学校教授拉丁语和自然史。

后来，通过自我摸索和总结，他成长为夏威夷公认的植物学权威专家，受聘为夏威夷大学教授。由于对学校某些行政决策的不满，洛克愤然离开，转身去了华盛顿特区，受聘为美国农业部考察员，1921年被委派到东方，随后来到中国西南，从此与中国结下不解之缘。他最早“发现”丽江这个古纳西王国，在西方学术界，他被公认为“纳西学之父”。

早在少年时期，洛克已对想象中的“凯圣”（即中国）着迷，在维也纳一家博物馆工作时，通过自学掌握了一点汉语。也许，在其早年懵懂的内心深处，中国是个神秘之境。

作为探险家、摄影家和植物学家，洛克曾经辗转于欧洲、美洲、东南亚和南亚许多国家和地区，但命运之轮最终将他带到了中国云南丽江——一个当时寂寂无闻、与世无争的西南古王国故地。机遇总是垂青于有准备的人。在当时极有影响力的美国《国家地理》杂志编辑格拉森维纳当时正在寻找一些有关探险的资料，初露锋芒的洛克进入了他的视野。在格拉森维纳的鼎力支持下，1922年洛克以“美国地理学会赴中国云南探险队队长”的名义，不远万里奔赴云南丽江。洛克以云南丽江作为其探险旅行的大本营，沿西藏东南边缘地区一路探险旅行，包括四川省境内的古佛教王国木里、甘肃省的卓尼、青海省境内的阿尼玛卿山和位于丽江东北面泸沽湖畔的永宁，还有大片山区。但洛克展开活动最多的地区仍在丽江、泸沽湖、稻城一带。

在中国西南，洛克如此坚持不懈地进行野外探险考察，收获如何？据史料披露，洛克在滇西北采集了数以万计的植物标本和大量种子，拍摄了上千幅珍贵的植物和民俗风情照片，同时翻译了上百部东巴经书，创作了《中国西南纳西古王国》《纳西语英语百科词典》等巨著。他把探险见闻和珍贵照片源源不断寄回美国，发表在《国家地理》杂志上，洛克正是从这里开始把丽江的民族文化最早介绍给西方世界。

正如奥地利驻华大使博天豪在2003年11月8日给洛克故居创办人黄中兴的致信中所总结的："……20世纪20年代他（洛克）在中国西南部工作，为《国家地理》杂志撰写了许多有趣的文章。此外，洛克还发表了大量关于中国西南部植物群和动物群的科学论文和书籍以及关于纳西族的民俗学论文。由此，他成为研究这个少数民族生活方式和文化的先行者。"

今天在美国的洛克藏品包括 6 万种以上植物标本和 1600 种以上动物标本，以及他从喜马拉雅到戈壁滩进行科学考察时拍摄的大量照片，甚至还有电影胶片和自己加工完成的地图……

洛克当年前来丽江，是受英国植物学家乔治·福莱斯启发所

洛克及其著作（资料图片）

致。这位英国植物学家在丽江玉龙雪山及滇西北山区考察多次，并且取得丰硕成果，受到英美两国园艺学会的荣誉表彰。1922年洛克来到云南后，在大理下关邂逅了正在滇西横断山区采集研究杜鹃花的福莱斯，福莱斯向洛克介绍丽江，并为其指点迷津：丽江是最值得去考察采集的理想之地。洛克凭借自己对植物考察和地理探险经验做出专业判断，遂欣然前往。

丽江最初吸引洛克的，是作为“一个巨大的令人欣喜若狂的植物标本库”，但最终他被另一个丽江所征服，那是信奉东巴教的纳西人心中的丽江：古老、诗意、遍布神灵，其中更多掺杂了洛克对纳西人及其文化的感情因素。

何以是玉湖村?

在云南丽江，洛克大部分时间住在玉湖村。玉湖村距白沙古镇、大研古城均为十多公里，北靠玉龙雪山，素有“雪山第一村”的美誉。

玉湖村得名于一个人工湖——“玉湖”（即著名的丽江雪山十二景之一“玉湖倒影”）。以前的玉湖村另有一个美丽的名字——雪嵩（崧）村，那是洛克还住在村子时的名称。但是，随时代变迁的只是村庄的汉语名，在纳西人的语言里，小村子一直叫“巫鲁肯”。这个英文译音的名字源于纳西人的信仰东巴教。

洛克记述道：“‘巫鲁肯’，一个环境优美、坐落在纯净的丽江大雪山山脉山坡上的一个小村子，雪山主峰扇子陡，犹如保护神似的保护着它。美国国家地理学会云南省探险队的总部就设在这儿。”

当我抵达玉龙山脚下的玉湖村，参观洛克旧居时，心中多少还是有点讶异的。本以为，作为 20 世纪初前来丽江探险的西方探险家先驱之一，洛克完全有条件和能力选择比玉湖村更为舒适宜居的地方栖身，毕竟他在这里生活了整整 27 年。而且，玉湖村周遭

作者在洛克旧居陈列馆前留影（陈韬 摄）

环境是那么的天然质朴，甚至显得有点荒凉，除了离雪山更近，这里的居住条件不见得比其他地方更优越，相比大研古城和束河，还可能恶劣一些，人烟稀少，商业缺乏，生活诸多不便，观察其旧居的布置和摆设也没有想象中的精致舒适。

玉湖村的洛克旧居有一院三房，现已辟为洛克旧居陈列馆向游人开放。那年我到访时，院子里的樱桃树正是结果的时候，枝丫伸展，笼罩着整个小院，充满了浓厚的生活气息，仿佛洛克仍然生活在这里。坐西朝东的那幢房子正是当年美国国家地理学会中国云南探险队总部旧址，楼上为洛克的起居室，他在这里居住了二十多年，现今的陈设品均为洛克当年的遗物。坐南朝北的那栋房子，楼下为洛克旧居陈列馆，陈列着洛克当年拍摄的大量历史照片，以及留在丽江的一批遗物，包括毛料大衣、猎枪、牙医器具、木匠工具、牛皮箱等，均为洛克当年从西方带来的物品。

据说，洛克初抵丽江时，发现了玉龙山脚下的玉湖村，对其宁静纯朴的氛围十分喜欢，遂决定在林中的宅子居住，玉湖村也就成为他在丽江的唯一归宿。细细探究之下，我发觉洛克选择玉湖村作为其长久居所，自有其道理。从探险者的角度来说，这里的交通比较便利，既不像大研古城、束河这些商业重镇人流密集，又不像其他地方荒无人烟，而是介于两者之间，不远不近，避世而居，恰到好处。

当地知情人曾听父辈提及洛克：在丽江生活时，“他讨厌听到邻居的鸡鸣、狗吠、猫叫，一旦听到就会破口大骂，这也许是因为他的工作需要清静吧……”对比起其他村寨，玉湖村的居住环境几近他的“理想国”了。洛克曾这样描写他在玉湖村的生活：“若不是太僻静的话，那地点可太诱人了。”“我们不知道什么叫作压抑……这里什么都不缺，我们就像生活在月球一样……”

如今游人走进玉湖村，见到的仍是一座座古朴的纳西民居，依山顺水而建、错落有致、浑然天成。玉湖村是纳西族村落和建筑文化的典范，至今仍较为完好地保留了纳西族传统村落的布局要素和建筑特色。本地人告诉我，玉湖村的民居与别处的又有不同：别的村寨里的民居大多用土垒墙、青石贴面，而玉湖村所有的建筑都用石头搭建。这种石头遍布雪山之麓，被称为冰川石，整个玉湖村就是由冰川石垒砌起来的石头村——冰川石砌起的房屋，冰川石围成的小院，冰川石铺筑的村寨小道。不加任何雕饰的冰川石，顺其自然地堆叠在一起，经过上百年时光的洗礼，在蓝天和青草之间平添了一层凝重厚实的底色，它们沉静地站立在雪山脚下，仿佛作为历史的记录者，见证着这座小村落的岁月变迁。

洛克选择玉湖村，恐怕还有一个不足为外人道的理由：它位于雪山脚下，那里离神最近。

探险如火中取栗

在时人的描述中，洛克的野外考察有时如同贵族出行。他的行李包括了帐篷、折叠行军床、椅子和桌子，还有亚麻台布以及一些瓷器，甚至带上一台使用电池的留声机，或一只便携式橡皮浴缸。他通常骑马出行，偶尔也会乘坐由 4 个轿夫抬的轿子——他

洛克旧居

似乎很享受这种作为“重要人物”才可以得到的礼遇。

实际上，洛克在云南丽江一带的考察犹如玄奘西行取经，一路上充满了艰难险阻。严酷恶劣的大自然与怀有敌意的当地族群，是洛克在行旅中时常要面对的双重危险。无路可走的悬崖陡壁、肆虐无常的春季暴风、荆棘丛林中的蛇虫鼠蚁、携带病原体的各种生物、各路“绿林好汉”……为此，洛克不得不长期雇请一名纳西卫士作为保镖，有时还得再雇上一队汉族士兵一路护卫。

在洛克留下的600多张珍贵历史照片中，有一幅是他与探险队的大合照——探险队由36匹骡、9匹马、29名成员及10名护卫组成，苍茫的原野上、壮丽的雪山下，这些人马一字排开，浩浩荡荡，场面壮观；还有一幅是他与一队纳西护卫的合影，照片中的护卫个个都是彪形大汉，威风凛凛，身着纳西民族服装，头扎头巾，脚套皮靴，背挎长枪。站立于卫队中间的洛克身着中式绸缎长袍，双手交叉置于腰前，一脸的气定神闲……

往事如烟。这些珍贵的历史照片，如同一部无声影片不断定格的镜头，让今人得以窥见洛克在中国西南崇山峻岭、怒江大河中艰难跋涉的身影：为了不被贡嘎岭的势力袭击，安全返回丽江，在永宁总管的帮助下，探险队以革囊渡江；洛克与其纳西助手在海拔 4000 多米的雪域探险；洛克在雅砻江渡口，进行惊险刺激的大江过溜。有一幅照片呈现的是探险队进入贡嘎岭之前，洛克请当地一个小喇嘛给土匪头目写信的情景……

洛克是条汉子。虽然在日记中他对日常所遇到的艰难困苦偶有抱怨，但他“仍努力向前，去追求一种未知的危险的诱惑，他总是向着未知领域发起挑战”。正如在美国大萧条时期，他在给一位编辑的信中写下的一句话：“在我所生活的地方，不知道什么叫作‘沮丧’……没有人在为生存而忙碌……那就是：在勤奋与能力面前没有什么困难可言。”

洛克以无惧艰险、百折不挠的精神践行着他的人生抱负。在第二次世界大战鏖战正急的关键时刻，洛克奉命乘坐飞机返回美国华盛顿，他将随身携带的物品装在行李箱中经海路运回，里面装的大多是有关纳西文化的研究著述，包括那套他花费十多年时间完成的辞典。然而，天有不测之风云。邮轮在归途中不幸被敌方鱼雷击中，箱子全部沉入海底，洛克毕生的心血瞬间化为乌有。几近崩溃的洛克不久后中了风。可是，命运并没有将洛克彻底击垮，他仍然心存执念，拒绝放弃。在哈佛大学的鼎力支持下，他振作精神，重整旗鼓，再度返回丽江，在老东巴的帮助下，重新翻译纳西象形文字手稿，并最终得以出版。

独在异乡为异客

现实生活中的洛克无疑是孤独的。只身一人孤悬海外，长年累月山中探险，这种生活不难想象，孤独如影随形，难以排遣。洛克会思念家乡的亲人吗？他会渴求别人的倾听和共鸣吗？

洛克终身未娶，从未卷入儿女情长的感情纠葛之中。“与异性没有多少相干”的评价，是否源自他的“生性固执刻板”？是否源自“太专注于学问而无暇顾及友情的培养”（或担心可能严重制约他的工作）？是否源于他的“漂泊欲”？抑或是不为人知的难言隐痛，导致了他的独身生活？是否正是这种孤寂感造成了其无休止的旅行探险活动？

由于记载洛克感情生活的史料阙如，鲜有文字资料可供查证，所有的探问注定是一个无法勘破的谜团。人们只能从当年与其共处过的一些人的只言片语中略窥一二。有知情人说：“洛克这个人脾气并不算太坏，可他见不得女人，如有妇女走近，他会龇牙咧嘴叫她们走开。”从其面对女性暴露出的身体语言分析，他对女性即便说不上厌恶，起码是不甚待见的。为何他会有这样的反应，是童年生活阴影所致？是成人后感情受过伤害？抑或另有隐情？

结识洛克于垂暮之年，后来成为其遗嘱执行人的火奴鲁鲁植物园原园长帕尔·威斯奇曾隐晦地回忆道：“在讲述他（指洛克）

在中国的经历时，他却只字不提那位几次出现在他们镜头之上的亲密伙伴”，“我想他是太专注于学问而无暇顾及友情的培养”。但仅是只言片语，无法深究。

毋庸置疑，洛克对所从事的工作的确十分专注执着，这种固执在外人看来几近病态：他不顾日本入侵中国的危险，坚守云南，因拒绝听从美国驻云南领事馆的撤离令而触怒他人；他曾经因为关于宗教仪式的译文和一卷《纳西—英语百科词典》毁于战火而差一点自杀；他甘愿忍受面部神经痛的折磨，不愿向人提及此事，是因为害怕被人下令召回美国……正因为如此古怪的性格，洛克被时人描述为一个“倔强和顽固的人”“有着怪僻的人”“疯子”。

当然，洛克并非时时刻刻处于孤独无援的境地。在丽江探险的日子，白天他常有威武的卫士簇拥身边；他与丽江的一些豪绅包括木里活佛（王子）结成生死之交；他寄情于这里的植物王国和风土人情，专注于他的研究报告和考察成果，他的精神生活是丰富多彩的。可是，作为一个正常人，仅靠这些显然无法让情感获得满足。无论出于何种解释，都无法否认洛克的情感存在缺失。窃以为，一个人过于专注某事某物而错过了恋爱结婚，只是掩人耳目的借口。人是有着高级情感的动物，从天性来说，恋爱结婚生子是人伦之道，是天赋人权，是每个人内心深处本能的渴望。人总是由于某种不可抗力，才会选择独身生活，这关乎一个人的内心信仰和价值取舍。

洛克作为一个看似无所畏惧的探险家，对于友情的渴望，却悄然显现于当年日记的字里行间，他那些山野生活与植物考察的记录材料、旅行方位标记，都隐隐交织着一种深深的忧郁："今天我陷入一种可怕的孤独"，这是他在一座喇嘛寺里借宿时写下的文字。1937 年除夕他又写道："我有一种说不出来的寂寞。"

在洛克众多的历史照片中，一张在其办公室兼卧室拍摄的照片引起了我的注意。这张照片估计是在冬天拍摄的，照片上的他同样身着中式绸缎长袍，双手依然是交叉腰前，端坐于办公桌前。墙上的唐卡、床上的被褥、地上的地毯、桌子上的台布，这些室内陈设和生活用品，无一不在彰显着他在丽江卓尔不群的生活品位。

但恰恰透过这张照片，我深刻感受到了洛克内心的孤独感：茫然四顾、孑然一身的无助，那是胸有块垒、欲说还休的苍凉。此种孤独感似曾相识。犹记得，我曾一度在澳大利亚漂泊，难以名状的孤独感如同悉尼海湾那苍茫浩渺的潮水排空而至，又如日上三竿下的影子难以甩掉。

与身处家乡的人相比，离群索居于中国西南偏远之地的洛克所要面对的困境，显然更加难以克服。那么，作为异乡游子的洛克究竟是如何做到的呢？

毕竟事过境迁，史料阙如，无从考证，我唯有借助想象的翅膀，与洛克在异度空间作一番神交：白天洛克奔波于崇山峻岭之间，应对着工作和生活带来的种种挑战。每当夜幕降临，在奋笔疾书之余，他独步窗前，仰望星空，与天地对话，与内心和解。万籁俱寂时分，洛克终于可以将所有的俗务抛诸脑后，完全沉浸于自己的独立思想王国，让神思穿越千年，让精神纵横捭阖，然后，听着山风呜咽、蛙鸣虫唧，渐渐进入梦乡……

洛克，堪称人世间的孤独斗士，现实版的堂吉诃德。他的精神境界达至常人无法企及的自由高度。

洛克与“香格里拉”

英国作家詹姆斯·希尔顿写于二战时期的长篇小说《消失的地平线》中，描述了一个神秘、奇异、壮丽的地方：

20世纪30年代，四名西方人突然闯入了神秘的中国藏区。当时，欧洲战场硝烟弥漫，亚洲大地战火纷飞。但在这里，他们不仅过上了恬静、平和、富足、与世无争的生活，接触到了神秘的寺院、学识渊博的喇嘛，更看到了世界上最旖旎的风光——层峦叠嶂的山峰，被冰雪装点得银装素裹，矗立在遥远的天际，像飘浮在广袤的大峡谷，蜿蜒曲折，仿佛一直延展到天尽头；头顶是一碧如洗的蓝天，眼前是茂密翠绿的森林……这里独特、封闭，近乎仙境。搭载他们来这里的飞行员告诉他们：这里叫香格里拉……

《消失的地平线》曾在西方世界的读者中引起轰动。从此，这片想象中的人间乐土“香格里拉”成了“世外桃源”“伊甸园”“乌托邦”的代名词。从其诞生之日起，人们就一直在寻找现实中可以与小说对应的那个地方。

据史料记载，希尔顿从未到过这个地方，但人们更愿意相信，小说创作大都有其原型，而不可能完全凭空臆造。后人根据众多线索，推测《消失的地平线》创作的素材和灵感应该来源于洛克在中国云南省西北地区的系列探险学术文章，这些文章刊载于1924年至1935年间出版的美国《国家地理》杂志。

有心人罗列了如下理据作为佐证：洛克与希尔顿生活于同一时代，希尔顿理应读过洛克的系列探险学术文章。当年洛克翔实生动的探险文章和照片曾在西方社会引起极大反响。事实上，人们将小说原文中的一些关键性片段与洛克的文章进行比对即可发现，希尔顿正是以洛克的经历和研究成果作为最直接的创作素材，在小说中直接引用了洛克文章中的一些语句，甚至包括令洛克最感难堪的探测失误。在小说的后记中，希尔顿借用小说中的一个人物“作家卢瑟福”之口作出暗示：其创作灵感正是来自洛克的文章。中国滇西北地区，特别是丽江的实际情况，与小说《消失的地平线》描写的“香格里拉”极为吻合——与小说中的雪山、大峡谷、寺庙、庭院等自然环境相吻合，与小说中的天然飞机场等情节相吻合，与小说中人与自然和谐相处的民族传统文化主题相吻合，甚至与小说的地名也相吻合。

小说与现实诸多相吻合之处，是绝不可能仅以“纯属巧合”一语掩盖的。1997年，云南省人民政府向世界郑重宣布：“香格里拉”在云南迪庆。迪庆，藏语意为“心中的日月”，当时包括中甸、维西、德钦三个县，地处青藏高原东南边缘、横断山脉南段北端，金沙江、澜沧江、怒江“三江并流”之腹地。从大范围而言，“香格里拉”即指云南省西北部的滇川藏“大三角”区域，地处迪庆藏族自治州心腹地带，它还包括四川凉山州木里、甘孜、稻城、亚丁等地。2001年，经国家批准，中甸县更名为香格里拉县［现已升格为香格里拉市（县级市）］，这是在政府层面做出的认证，进一步佐证了希尔顿的创作素材和灵感源自洛克的探险写实文章。

洛克这位不知疲倦地穿行于中国西南古纳西王国版图的孤独

行者，这位与中国云南纳西族有着不解之缘的传奇人物，这位凭着自己与他人的著作而流芳百世的创作者，其特立独行、可歌可泣的一生，与这片美丽的土地早已休戚与共，血脉相融。洛克在其代表作《中国西南古纳西王国》的前言中曾深情回忆道：“那逝去的一切又一幕幕重现眼前：那么多美丽绝伦的自然景观，那么多不可思议的奇妙森林和鲜花。那些友好的部落，那些风雨跋涉的年月和那些伴随我走过漫漫旅途、结下深厚友谊的纳西朋友，都将永远铭记在我一生最幸福的回忆中。”

直到弥留之际，洛克对丽江依旧念念不忘。他在信中写道：“来年视局势的发展（1949年8月，洛克乘坐一架美国驻昆明领事馆派来的飞机，挥别丽江。——笔者注）如果一切正常，将返回丽江去完成我的工作，与其躺在医院凄凉的病床上，（我）宁愿回到玉龙雪山的鲜花丛中死去……”

但现实彻底粉碎了洛克重返丽江的幻想。1962 年，洛克病逝于美国火奴鲁鲁家中。

丽江成就了洛克传奇的一生，洛克也让丽江扬名世界。

洛克孤独终老，但在身后，却以其丰盈神奇的人生经历让世人景仰，以几可等身的著作让后世铭记。

洛克，并不孤独。

第五章　丽江“鬼才”

时近农历春节，大地震过后的丽江古城逐渐恢复了些许生机，这天天高云淡，风和日丽，我们去了城边的黑龙潭公园赏景。

黑龙潭邂逅宣科

一路走来，景随步移，美不胜收：曲桥回廊蜿蜒，古树老藤密布……远处的玉龙雪峰银装素裹，近处的黑龙潭潭水墨绿幽深。倒映在潭水中的巍巍雪峰，影影绰绰，如梦如幻，千百年来，它们就以这种优雅的方式在无声交流。移步至潺潺流水处，细细聆听，竟仿如人间仙乐。

正沉醉在如斯美景中，耳际忽闻琴箫悠然，鼓磬相和，在空旷宁静的旷野中回响，不啻天籁之声。循声而去，但见在公园深处一块开阔地带，20多位身披描金花纹古铜色长衫的纳西族中老年

宣科（倪黎祥 摄）

人，在融融冬日下试音预演。一眼望去，这些人中有的美髯皓首，有的正值壮年，有的老态龙钟，有的精神矍铄。人群中一位个头不高、穿一袭蓝色马褂的老人正忙里忙外。此人其貌不扬，面孔黝黑，颧骨高耸，头发蓬乱，却又显得气场强大，气度不凡，举止中颇具几分仙风道骨。在这拨老人当中，此人算是比较年轻的，事后得知，他其实也已年逾花甲了。此人正是大名鼎鼎的宣科，纳西族音乐民族学家，人称“音乐鬼才”。

我们方才听到的正是纳西洞经古乐（以下简称“纳西古乐”），提起纳西古乐，宣科顿时兴致盎然，如数家珍。纳西族是汉代从北方迁移过来的一支少数民族，唐代定居于丽江，纳西古乐是中原道教与纳西族民间音乐相融合的奇异乐种。明初，丽江纳西族木氏天王前往觐见明太祖朱元璋，朱元璋赐给木氏王朝一支乐队，中原的宫廷音乐因此被带到西南高原一隅。听宣科说，这种宫廷音乐之所以能在丽江这方山川灵秀、人文荟萃的净土代代相传，开枝散叶，还要归功于十四世纪以来纳西土司的开明宏达，正是他们，把汉文化几近全盘吸收到纳西族文化中来，这种以儒学为主体的正统文化，深深植根于丽江这片沃土，而丽江的秀山丽水也孕育了一代代的音乐奇才。晚清时期这里就成立了大研纳西古乐会，丽江土司木荫担任了会长之职。1981 年，宣科重建大研古乐会及金山乐队，

纳西古乐队（倪黎祥、冯镜明 摄）

使这一人类宝贵文化遗产得以传承。在这次大地震中，懂得演奏纳西古乐的25名乐手无一人伤亡，几百年流传下来的珍贵乐器也逃过一劫。

宣科说当天下午将在大研古城举行大地震后的第一场演出，欢迎我们前去观看。

纳西古乐惊艳四座

在一个雕梁画栋的古宅大院里，由宣科领衔的这支大研纳西古乐队，在一座纳西四合院隆重登台献演。

这座古色古香的纳西四合院，深藏于大研幽深曲折的古巷中。我们到得早，便四处察看了一番。大宅院为两层木结构，中间带有天井。步上七级青石台阶，便进入被辟作舞台的正房，虽然略显简陋，却也古朴庄严。舞台中央置有一架十面云锣（据说已有200多年历史），一面大铜锣悬吊于房梁之上。此外，两侧墙上还挂着一些诸如“苏古笃”（古波斯“诗琴”之一种，为国内之仅见）、“曲项琵琶”（唐代形制，已有400多年历史）、人面竹低胡、波伯（筚篥）之类的珍贵古乐器，闻所未闻。舞台上方的横梁上则悬挂着一些古乐手的遗照，天井中两根粗大的梁柱上贴有一副对联：“乐尤药也，能活人亦能杀人；礼乃理焉，可治世亦可乱世。”

联合国教科文组织官员在演出后与纳西古乐队合影

一排排极其简约的木桌椅摆满大厅，每个座位前都沏上一杯清茶。天慢慢黑下来，观众陆续入座，坐得满满当当。正在对丽江古城申报世界文化遗产进行实地考察的联合国教科文组织的官员也一同入席。

那些经过斋戒、沐浴、肃整衣冠的乐队老人如同一群仙翁鱼贯而入，台下顿时掌声四起。老人们一身长袍马褂，或手持胡琴，或怀抱琵琶，在台上一一落座，面呈虔诚之色，仪态庄重，端身正意，为大宅院平添一股庄严肃穆的气氛。此时，身穿蓝色长袍，方脸上架着眼镜的宣科，从容不迫地站到场子中央，举手投足间颇具几分魏晋名士的洒脱。令人意想不到的是，他向联合国官员致欢迎辞时，操的是一口流利的英语——居然比他的普通话还要地道！原来，宣科诞生于一个牧师家庭，年幼时的保姆是德国人，从小就接受了严格的私塾和教会教育，外语能力绝佳，他还曾在当地中学担任过英语老师。

在每首乐曲演奏之前，宣科总要对这首乐曲的背景做一番介绍。先用汉语说一遍，再用英语复述，声音抑扬顿挫，像是在授课，又如同在朗读，不紧不慢，娓娓道来，生动风趣，谈笑自若。透过他极富感染力的演讲，人们对中国古老文明有了更深层的感知和体悟。他说纳西洞经古乐珍贵，是因为这种道教科仪音乐中还保存着多首唐宋以来的辞曲音乐原型，如《浪淘沙》《山坡羊》《水龙吟》《步步高》和唐明皇李隆基所作的两首法曲之一的《紫微八卦舞曲》（另一首为《霓裳羽衣曲》，在《道藏》有记载）。正是由于纳西人对上述曲目的传承，才让"'中国音乐史'是一部无声的音乐史"这种一度甚嚣尘上的论调再也站不住脚……每当他用流利的英语讲解乐曲时，联合国教科文组织的官员都微微颔首以示赞许。正如宣科在演出前所言："音乐的价值不在于技法，而在乎内心。"

宣科老人一扬手，顿时鼓瑟齐鸣，金石俱响，台上几十位老人或丝竹并奏，击磬和节，或轻振铜铃，敲叩木鱼，一曲《紫微八卦舞曲》在古宅弥漫开去，悠然回荡，余音不绝，端的是“此曲只应天上有，人间哪得几回闻”。

古乐演出的序幕由此徐徐拉开。

抬眼察看舞台上那些乐手们，原本一个个都是正襟危坐、神态安然，可一旦弹奏到激越处，统统闭上了眼睛，仿佛陶醉在天国清音般的仙乐妙韵之中。他们都是些什么人？听知情人说，他们当中有抗日战争期间在滇西赶马的著名“马锅头”，有会计师、企业家、书法家、文化工作者，也有普通企业职工、农民画家和民间艺人，甚至有进城的屠宰户（旧称“杀猪匠”）、补鞋匠……果真是英雄莫问出处，是家学渊源和志趣相投让各路豪杰汇聚到一起。

回望观众席，人们此时恍如走进东巴王国的迷宫，沉浸在亘古高远的遐思冥想之中。奏者如痴，闻者沉醉！此情此景让人不由联想起“云想衣裳花想容，春风拂槛露华浓”的名句，想象着当年唐明皇欣赏《霓裳羽衣曲》时陶然自得的样子，一种“山河岁月空惆怅，今生今世已惘然”的惆怅感莫名袭来。

接下来演奏的是依据唐朝李后主所撰名句“别时容易见时难”谱就的《浪淘沙》。从这支曲子演奏开始，会有人敲一下云板，待全场静寂下来，再由一个苍老的声音拉长嗓音诵读出曲名，片刻之后，管弦丝竹之音才应声而起。《浪淘沙》早已在中原失传，在这里却得到极好的保全，是纳西古乐中最具代表性的曲目之一。《水龙吟》《十供养》《山坡羊》《到夏来》《一江风》《清河老人》……一曲曲经典古乐在整晚演出中有如“大珠小珠落玉盘”，演绎着古老音乐的典雅恢宏气度。

洗耳聆听，那苍凉浑厚的吟诵、急管繁弦的韵律和铿锵有力的节奏，特别是那时而庄严凝重，时而轻吟浅唱，时而婉转低回，时而响遏行云的古乐声，无一不在传递着一种只可意会难以言传的神秘气息，穿越远古，动地而来，直抵人心。

在丽江古城流连长达 9 个年头的俄国人顾彼得堪称纳西古乐的知音。他在《被遗忘的王国》一书中，赞誉这种音乐是“一场宇宙生命的演奏齐诵，在它的庄严中呈现舒展，不为渺小的人类生存的纷乱哭号和冲突而玷污”，是“中国式的交响乐”“地地道道的、纯正的中国古典音乐”。许多中外音乐大师也称赞纳西古乐为“活的音乐化石”“未经污染的音乐”……

一时间，世人对纳西古乐的颂扬之声和关注之情铺天盖地。

丽江藏龙卧虎

丽江这个文化古城果真是藏龙卧虎之地，居然隐居着这样一位学贯中西、自成一派的音乐怪杰。后来我又到此听过一两场纳西古乐演奏会，宣科每一场的串词似乎都略有不同，与时俱进。宣科曾以调侃的口吻，近乎脱口秀的方式，汉英夹杂，向在场的中外听众如此这般作过一番自我介绍。他说长得像他这等模样的人，任谁都不会把他当作偶像的，但在丽江，他却是当地人心目中的偶像，就像在香港人们将刘德华视为“天王”一样，毕竟纳西人是崇尚传统文化艺术的。他说，既然天降大任，在大地震中他与台上的老人们都大难不死，纳西古乐就有救了，他又可以仗着它来混口饭吃了。这番自我介绍，颇有点京城“侃爷”的味道。

宣科说起话来“幽默成片”且多带“洋字”，叽里咕噜一大串，这是他身上最具辨识度也最令人称道之处。他在剧场如同遇到了知音，话语滔滔似决堤之水，难以收住。他不时插科打诨，风趣幽默，博得观众的阵阵笑声掌声，这种诙谐，骨子里透出的却是一股老年人中少见的狷介、张狂。比如他毫不忌讳这样的说法：“纳西古乐是我的一大发明或叫一大创建”“没有我宣科就没有纳西古乐”。何以宣科胆敢“口出狂言”？盖因事实大抵如此。纳西古乐之所以在今天绽放出了令世人瞩目的绚丽光彩，宣科功不可没！

宣科是云南丽江人，生于1930年，有着多民族的血统，为藏裔纳西族。他不仅具有运用多种语言的能力，还惯于以多种民族的不同思维方式理解和思考问题。后来，宣科遭受无妄之灾，被关进监狱，一蹲就是20多个年头。

“一个英俊才子最宝贵的年华，全部付诸艰苦卓绝的苦力劳动。那里没有贝多芬，没有巴赫，没有钢琴，更没有春天田野里的山花烂漫。有的，只是球磨车间里的摩擦声，这样的摩擦声伴随了你20多年，你无路可逃。”宣科当年在接受媒体采访时，不由得发出这样的慨叹。

宣科认为自己在监狱里面干了几件爱干的事情，比如画画，“监狱里面几堵墙的画，都是我画的！”即便是在那样的环境中，他仍旧没有停止对音乐的思考和创作。他创作了一大批监狱歌曲，如《光明出路只有一条》。这些歌曲当时在监狱广为传唱，成为服刑人员积极改造的精神动力。

失之东隅，收之桑榆。宣科在音乐中找到了精神慰藉，并将其作为安身立命之本，在人生迟暮之年，仍对音乐乃至生命的真谛孜孜以求，在纳西古乐的传承和发展上卓有建树，声名远播。他的传奇经历正应验了古人“天将降大任于斯人也，必先苦其心志，劳其筋骨”的至理名言，对他自身而言无疑是一笔宝贵的精神财富。

已在监狱中浪费了大好年华的宣科深知时间对他的意义。重获自由后，宣科不再自怨自艾，而是迅速走出命运的泥淖，以只争朝夕、时不我待的钻研精神和求真意志，深入民间田野采风，呕心沥血写就了《音乐起源于恐惧》一文，其另辟蹊径、大胆独到的观点震动了国内音乐界，自此声名鹊起，并为西方音乐学界所关注，该论文被德国《民族学研究》、瑞士《东方文化学院》及荷兰《莱顿学院》等杂志翻译转载。随后，他着手探源白沙细乐，力排众议，得出了新的研究观点：白沙细乐不是蒙古音乐，而是纳西族和普米族在传说中的一次战争后产生的纳西民族音乐——《安魂曲》。他涉猎研究的有关音乐的命题还有“合唱先于齐唱”，“‘热美磋’是旧石器时代晚期纳西祖先的民歌”，等等，不一而足。有心人留意到，他的研究范畴有的是跨界别的，有的在常人看来甚至是怪诞不经的：“纳西族的远祖并非羌族”“东巴教不是纳西族的宗教，而是纳西族原生文化在藏族再生文化中的传承，其体裁则是纳西人创制的‘提醒式图画文’”“纳西古乐是往昔士林在道教仪式上所举行的礼乐活动，其中有四首是唐宋音乐之孑遗”“纳西人学英语是学‘第二外语’，不应以‘第一外语’作为工具，而应直接从母语到英语”……这些不循常规、颇有见地的研究成果，让宣科在不同的界别和国度有了更多的知音和仰慕者。研究屡有突破，成果斐然，宣科更坚定其挖掘和弘扬民族文化的自信心。1994 年，经他精心研究多年作出“香格里拉在迪庆”的大胆设想，让他一时声名大噪。“大器晚成”已是学术界对宣科的共识。

中国的古典音乐何以在丽江得到原样保存？用宣科的话来说，是“礼失求诸野”的文化历史现象。既源自于丽江地理上的封闭性，也得益于纳西民族对外来文化的包容性与吸纳性，更建基于道教音乐的影响。道教音乐有其固定的不可更改性，人们对宗教教义、礼仪的敬畏和不可随意改动的笃执虔诚，让纳西古乐成全了对“广陵绝响”的延续。但人们有所不知，在宣科开展曲谱整理、重建大研古乐会及金山乐队之初，苦于时人大多不识纳西古乐的庐山真面目，他曾不辞辛劳，经常亲赴丽江第一、第二招待所，邀请在那里逗留的外国人前来听演奏，渐渐地，纳西古乐才得以口碑相传，蜚声海内外。一直以来，宣科研求原旨，游学四方，不遗余力地向世人宣传和推广纳西古乐。

宣科犹如老酒

宣科少年得志。1950 年，当陈赓大将率领大军开进昆明时，指挥“云南青年合唱团”和“洪流合唱团”迎接大军的，正是宣科，他当时在昆明市委文工团担任合唱队指挥。在金碧路锡安堂举行的首场音乐会，也是由宣科现场指挥，伴奏的则是当今名震天下的著名钢琴家傅聪，他俩曾是一对好搭档，但天意弄人，倥偬四十五载，两人再无交集。

在国内举行的一次演讲中，宣科曾指着自己年轻时英俊潇洒的照片说道：“我的老同学钢琴诗人傅聪曾是‘白马王子’，而我是‘黑马王子’，怎么变成了个老头子了！”说完还做了个大惑不解的表情。顿时满堂掌声，有的老年听众甚至笑出了泪花。

岁月改变了这两位老同学的容颜，却没有改变他们的情谊。宣科曾赠送过我一本书《宣科与纳西古乐》，书中印有一张宣科与老朋友傅聪的合照，两人的衣饰刚好是一黑一白。图片说明则是：“‘你看起来很年轻’，老朋友傅聪说。”这张照片中两人谈笑风生，可见交情匪浅。

当得知宣科将率领十人纳西古乐队在英国伦敦女王陛下剧院（现名国王陛下剧院）波塞尔演奏厅演出，傅聪推掉了原先的重要约会，赶往音乐厅捧场。演出后看望老朋友，并对宣科诠释的世界音乐史的观点感到惊讶，说要不是老朋友宣科的伦敦之行，他几乎要抱憾终身——因为全世界任何音乐学院和音乐史教材，都缺少纳西古乐和宣科关于音乐起源新论这两个重大题材。

在海外，宣科和大研纳西古乐队所到之处，无不备受追捧尊崇，

《宣科与纳西古乐》

一股纳西古乐旋风就此刮起。

就在丽江大地震次年，宣科率领的纳西古乐队受邀前往香港演出，一曲奏罢，全场起立长时间鼓掌致意。随后宣科在英国的女王陛下剧院、伦敦大学亚非学院、牛津大学和皇家音乐学院演奏厅等地，进行了多场演奏和演讲，引起轰动。《泰晤士报》和BBC 专门以八种语言向全世界 86 个国家报道了宣科巡回演出这一盛况。宣科先后在英国伦敦大学、牛津大学，挪威奥斯陆大学，中国中央音乐学院、中国音乐学院等海内外多家高等学府做学术报告，还曾受到中央领导以及挪威国王、英国前副首相、加拿大议长等人的亲切接见。他更是中外许多名人逸士的座上宾，在挪威访问演出时，挪威国王专门设宴款待；香港名流邵逸夫爵士更将其邀至家中做客。

在这些国际性、现代化大都市的音乐圣殿里，传统与现代，东方与西方，以一种超越国界和时空的古老语言在对话。

光鲜的背后，又有谁知晓宣科付出的沉重人生代价，以及无法言说的痛楚？宣科的家庭生活比常人要坎坷许多，直到年逾花甲才膝下有女。然而，饱经忧患、历尽沧桑的老人在众人面前，表现出的依然是豁达乐观的生活态度。

与宣科在学术领域发表的奇谈异论和惊世骇俗的新发现新见解一样，宣科生活中的趣事逸闻实在太多了，“丽江疯子”是当地人给他起的绰号，其一言一行成为丽江人茶余饭后的笑料。在丽江，宣科第一个穿牛仔裤，六十多岁了还是照穿不误；宣科花甲之年，生了一个可爱的女儿，他笑称：“嘿嘿，是个‘锅边转’。”逢人他总要乐呵呵地介绍道：“我女儿，她六岁，我六十六岁！”他的背后始终站立着他的夫人——一位面若桃花、笑而不语的妇人。

有人言之凿凿：是宣科，使丽江走向世界！“错啦！”宣科眨巴着黑亮的眼睛：“让世界走向丽江！”

要让世界走向丽江，绝不能仅靠信口雌黄，其背后必定是艰苦卓绝的付出、不畏艰辛的田野考察、呕心沥血的学术钻研和锲而不舍的艺术坚守。每一场演出，宣科都亲力亲为，绝不假手于人，他堪称大研古乐队的灵魂和顶梁柱。在英国的巡演大获成功之后，我国驻英国大使馆文化处负责人曾总结道：“（演出）成功的原因，除了这种音乐自身的魅力外，还有一个很重要的原因是你们有一个既懂音乐、又懂英语、又参加演奏的领队兼翻译宣科先生，他的英语讲得相当好，其他团吃亏在没有这样的翻译。”

每次演出，宣科的博学哲思、机敏谈锋，都深深感染到现场的每一个人，开怀之余，对老人亦不禁肃然起敬。毫不夸张地说，人们到剧场追捧纳西古乐，很大程度上也是冲着一睹宣科的风采而来的。

宣科就如一壶老酒，时间越长，酒香越醇酽，越浓烈。

又见宣科老人

在丽江度过大地震后的第一个春节后不久，我们陪同前来慰问的报社领导再度前去聆听纳西古乐。演出结束后，宣科与来自广东的媒体记者合影留念，并欣然应允，将来若途经广州，定当到报社拜访。

再见宣科，已是第二年春天，我重返丽江古城，采访丽江灾后的重建工作。少不了再度前去聆听纳西古乐，再睹宣科台上风姿。这回，老人家开场白的语调变得有点沉重，言语间流露出对纳西古乐后继乏人的深深忧虑。宣科先向在座的观众一一介绍台上的老人家，称演奏者中最年长者已 80 多岁，末了，他转为以沉痛的声调告诉大家，当中几位古稀老人已驾鹤西去。“大家好，我看大家都不错，但我们的纳西音乐差不多要完蛋了，因为像我这样的中青年，噢，对不起说错了，应该是中年人，都已经 65 岁了，而我们的古乐社平均每年都有两个人逝世，而且，今年逝世的指标已经用完了，大家可以看看，舞台上方挂着的照片，就是我们已经去世的老艺人的，最近两位的还未来得及挂上……”我们从宣科故作轻松的调侃中，从台上悬挂着的一排老人的遗照中，咀嚼出世事的无常和人生的无奈。台下一阵沉默，继而是唏嘘之声。

古曲、古乐器、长者乐手是纳西古乐的“稀世三宝”。前两者都需要后者来体现其存在的价值，唯有耄耋老人才是纳西古乐的灵魂，真正的无价之宝。然而，生老病死是人生不可逆转的自然规律，因此，对于大研纳西古乐队而言，当务之急就是要培育后人，传承古乐。宣科说，英国《泰晤士报》不止一次以通栏标题和文字道出他们的担忧：“一种最古老的中国音乐文化正在喜马拉雅的暗影下消失……”

纳西古乐开枝散叶

丽江古城举行灾后重建三周年纪念活动，我再次回到丽江。这次我欣喜地发现，大研纳西古乐队已经开枝散叶。但若论正宗，则仍非宣科领衔的纳西古乐队莫属。我带上小礼物，赶去那座熟悉的大宅院。听一同前来的同事说，宣科已经兑现了当年的承诺，有次率队前往海外作巡回演出途经广州，专程到访过报社，当面答谢了广州媒体对丽江纳西古乐的宣传，但那时我恰好出差在外，缘吝一面。

离开演的时间尚早，不见老人家的身影，问起院子里的人，称他在楼上。我们沿狭窄的楼梯上了二楼，轻轻敲了敲门，老人家应声而起，原来他喝了点酒，正在小憩，脸红红的泛着些酒气。也算是老朋友了，大家寒暄一番，此时有人上来催老人家换装准备登场。

这回，我留意到演出台上多了几张年轻俊秀的脸庞。宣科的开场白依然少不了介绍台上老人、缅怀逝去故友的环节，但他的语

作者与宣科（右）（董宝青 摄）

调已不复当年沉重。江山代有人才出，长江后浪推前浪，纳西古乐后继有人，视纳西古乐如同生命的宣科终可释怀了。

在现场的即席讲解中，老人像往常一样，不时针砭时弊，妙语连珠，痛快淋漓。但从老人丝毫未改的犀利言辞中，我依然听出深深的忧思意味。他说："前几年，我们纳西族年轻人心目中的偶像是像我这样有文化的人，可现在不行了……我就是敢说话，我不怕，我就是要把这个舞台变成文化批评的场所。为此，我特意穿了和鲁迅一样的长褂。"他的不羁言辞引来人们善意的笑声回应。

荷兰大型综合性杂志《布莱斯》在撰文介绍宣科时，说“这是一个向一切人说真话的人”，末了不忘加上一句，“这也是一个不断树敌的人”。宣科正是这样一个人，虽然年过花甲却依然口无遮拦，“老”言无忌。其狂狷不阿、孤傲不羁的性格在当地是妇孺皆知。

曾在某个演讲场合，宣科站立在台上，叉着腰一本正经地说道：“世界上会有千千万万个公爵，而贝多芬只有一个，我宣科也一样！”言毕全场为之喝彩！

当得知在伦敦大英图书馆的学术档案收录了自己的大名时，这位既无博士头衔、又无教授身份的纳西老人语出惊人：“以前没人表扬我，我只得自己表扬自己，老说宣科第一，谁谁第二，人家老不服气，自己老受闲气。从今天起，我不再表扬自己了，因为我不说宣科第一，也有很多人在说，宣科确实第一。”

这番“大言不惭”的话语，是宣科在丽江大研古乐会赴英国演出团载誉归来后举行的汇报会上，当着在场所有人包括地县领导和文化艺术界人士的面说的。说过之后，他面不改色气不喘，欣然落座。

据说香港回归祖国前夕，宣科率领大研纳西古乐队造访香港，香港最后一任总督彭定康慕名而来，想一睹大研纳西古乐的风采，恰逢邓小平同志逝世，宣科坚辞不演，彭定康失望而回，此事在当地传为美谈。

宣科其人其文其乐，被认为是一种颇有哲学意味的文化现象。有人将观览了巴黎蓬皮杜艺术文化中心新建筑群后产生的感受，套用在对宣科的学术成就及其纳西古乐队的评价上，也是恰如其分——“它使人不解，又使人倾倒；使人反感，又使人受到启发；使人伤心，又使人快乐！”

在演出结束时宣科与我们合影，还特地赠给我们一本由他亲笔签名的《丽江中国大研纳西古乐会》小册子。随手翻开一页，但见哲学家任继愈的一首赠诗：“有物先天地，无形本寂寥。能为万象主，不逐四时凋。”

这，正是“鬼才”宣科的人生写照。

第六章　纳西女子的地球一奔

冯骥才笔下的一奔

认识丽江市原副市长杨一奔很偶然。

当年我们重返丽江，参加大地震十周年纪念活动，当地宣传部门负责接待的同志对前来参会的媒体人十分热情，也很周到，一天晚上，安排大家到束河古镇一间酒吧把盏聊天，我们欣然前往。

正值掌灯时分，酒吧客人寥寥，我们几个先到的便坐下闲聊。忽然，虚掩着的酒吧门打开了，一位女士在众人簇拥下步入酒吧。大家站着寒暄了几句，便围坐在一起，酒吧顿时热闹起来。甫一坐定，相互间作了介绍，方知这位颇有气场的女士正是时任丽江市副市长杨一奔，在座的一些云南媒体同行与她相熟。

闲谈间，就着酒吧昏暗的灯光，我打量起眼前这位女副市

杨一奔著作《地球一奔》

长——四十岁左右的年纪，鹅蛋脸，杏仁眼，眉目传神。披米黄色呢子大衣，穿黑色西裤，显得端庄大方，时尚得体。忘了那天晚上聊了些什么，只记得这位副市长谈吐文雅，气定神闲，没有官员的腔调派头，对其顿生好感。

那晚过后，我与杨一奔再无交集。直到有一年在广州本地媒体上看到一则新闻：丽江市副市长杨一奔带着新书《地球一奔》来广州举行签售仪式，让我不由回想起当年在束河与她交谈的情景。

据新闻媒体报道，杨一奔曾环游世界 180 天，在 20 个国家游历，其间写下 47 万字的旅行笔记，拍摄了大量的珍贵照片。历经七八年的打磨，她终于将当时所作的环球日记整理成书。最让我感到意外的是，杨一奔原来是纳西人！她是从丽江大山走出去环游世界的！

著名作家冯骥才通读杨一奔的书稿后评价说：“这是一部表现外部世界又展示个性精神的富于魅力的作品。表现世界的魅力来自作者的才华，展露个性的魅力来自一奔的天性。”

冯骥才寥寥数笔，展现了杨一奔这个纳西女子的两个侧面——美丽与能干：

以我的印象，南方女子娇小玲珑，谁料第一次站在我面前的杨一奔竟如此高大健美。她是体育健儿吗？经在场的朋友们介绍她竟是丽江市的副市长，还是文人，酷爱写作。这位从外表到“内涵”都非同寻常的女子引起我的好奇。谈天时，当她听说我不曾去过丽江，情不自禁对我表示责怪和埋怨，随后便放口大谈她的家乡。一时我感觉，从她嘴里蹦出来的长江第一湾、玉龙雪山、纳西古乐，还有丽江的白沙壁画，全都唰唰放光。于是，她把我的好奇——从她身上带入她的家乡。

一个人对家乡的挚爱常常叫人感动。我当即决定跑一趟丽江。一年后当我如约抵达丽江，这高大女子身着迷人的纳西衣裙，站在铺着磨得光光的石板的古街上，街旁清溪淙淙，背后映着白得耀眼的高耸雪山。她好像等着我给她照相。

我对她的印象可绝不止于她的美丽。当她把一本《中国作家》送给我，翻看其中她的一篇长长的环球游记《地球一奔》，叫我领略这个女子内在气质的非凡。几年前，她还是个升迁有望的干部时，居然放弃一切，加入一个民间车队，驾着车子围着地球跑了一圈。现在，她把种种奇遇和见识写入游记中。从中也叫我们认识到，她能够胜任（副）市长这个要职所必备的气魄、胆略和视野。

不一样的一奔

当人们了解了纳西女性的前世今生，对传统纳西女人中何以能出现杨一奔这样行走天下不让须眉的巾帼女子，也就不足为奇了。纳西人认为天神是男性，地神是女性，纳西人的祭地最早正是拜祭母系祖先。纳西女人堪称中国妇女勤劳勇敢、刻苦耐劳的典范。纳西姑娘身披传统的羊皮披肩，上面绣有“肩扛日月，背负七星”的精美图案，寄寓着纳西女性辛勤果敢的优秀品德。杨一奔最喜欢穿上这种传统的纳西民族服装接受媒体采访，并如此介绍自己的身份：“瞧我的背后，衣服肩部的圆图代表着太阳和月亮，下面的图案就是小星星了，这叫星月，象征着的纳

纳西妇女传统的民族服装（倪黎祥 摄）

西人的勤劳和勇敢。”

从《地球一奔》一书中，我读到了杨一奔与众不同的人生经历。

杨一奔的人生充满传奇色彩：她出生在云南德钦奔子栏，那里是藏区，她却是纳西族人，也曾经是30万纳西族人中唯一的全国政协委员。当过农民、知青、工人、图书馆馆长、地方志办主任、文化局局长，直至副市长……

奔子栏地处金沙江西岸，奔子栏以上的金沙江怒涛滚滚，汹涌奔流，以下一段的江面则豁然开阔，江水平静。当过黄埔军校教官的父亲为她取名“一奔”，取这样的名字既与出生地有关，也隐含着父辈的良苦用心——希望她一直奔向远方。

“小时候，每天看着太阳从东边出来，人们往返于西边的村落，我就觉得太阳是从东边出来的，与世界相连的通道只有西边的一条路。这条路向北走可以通向西藏，向南走可以通向昆明。我的父亲用了18天才走到昆明，而纳西族的马帮进西藏要用6个月的时间。”“而我最大的愿望就是能走出去看看。”

但小时候杨一奔出过的远门就数省城昆明了。直到 21 岁，她才第一次从丽江到昆明。哪怕是去昆明，在当地也“算是见过世面的人了”，那时，村里的妇女能够随丈夫或家人去一趟大理就是值得夸耀的事情。有朝一日用自己的脚步丈量地球，对杨一奔来说简直就是个白日梦，异想天开。

一个偶然的机会，杨一奔加入了由山东省华夏文化促进会和泰安市人民政府联合举办的1998年至1999年“环球壮志行”——泰山拥抱二十一世纪潘德明（中国）环球足迹考察寻访活动。活动的主旨是以环游世界的方式宣传环保，宣传和平。她加入此次活动纯属无心插柳：环球考察寻访团即将要出征，在寻访团成员、云南电视台一位仁兄的引荐下，她在昆明结识了寻访团顾问金钊先生。金钊先生对丽江和纳西文化极感兴趣，那时杨一奔正好在主编《丽江年鉴》，并在国际上获了大奖，遂当即邀请她加盟，她也一口应允。正是机缘巧合之下，她成为环游世界的第一位纳西族女性。

奔向地球

重要时刻终于来临。1998年6月18日，四部国产车，20来个人，从山东泰山出发，沿古老丝绸之路向西，途经中亚哈萨克斯坦、吉尔吉斯斯坦、乌兹别克斯坦、土库曼斯坦等国——这是从东海之滨到黄河流域，横穿戈壁沙漠进入中亚的漫长旅程，但就环球之旅来说，这仅仅是个开端。

“当机会注定让我成为纳西族第一个环绕地球旅行的女人时，我想到了车祸、战争、自然灾害、暴力侵害、疾病等困难，甚至想到了死亡。”“我们将踏上一条生死莫测之路。”此趟行程8万公里，在出发前夕跟同事告别时，她甚至开玩笑似的预言：“再见了，并不一定能见面。”这一幕杨一奔至今记忆犹新。

那时的杨一奔已有家小，是公职人员，但要参加那次活动，必须以个人名义出访，出行资金及生命安全均在“保证书”中表明由个人负责。很多人问她何以令幸运之神眷顾于她？“我作过很多解释，无人相信，最后，我唯有回答是老天让我去环球。”在杨一奔的新书《地球一奔》的引子里，她这样写道：“我自小有三个愿望：去环球、做作家、当演员。可是，我刚戴上红领巾，父亲就被关进了‘牛棚’，我的一切愿望都成为泡影。当农民，当知青，当工人……只有老天知道我吃了多少苦，知道我有多努力，知道我有多渴望，因此老天给了我这次机会。”在统一购买保险后，她挥泪告别父老乡亲，义无反顾踏上漫漫旅程。

17米长的宿营车是由长春一汽用30吨货车改装而成的，有四个铺厢，从登车的那天起，他们就吃住在车上，工作在车上，人成了汽车的一部分。车上的难题可不少，尤其生火做饭，要在行进中用汽油喷炉做好一顿饭绝非易事，有时甚至要花去三四个小时。杨一奔除了每天抽空记录所见所闻所感，还要完成团里的大量文字工作。

旅途之艰辛，自不待言。宿营车没有减震装置，车中的书柜、空调机时常被颠落下来，闹得同伴们行车时不敢躺在床上。一路上颠簸劳累，喝不到热水，吃不到蔬菜，杨一奔在埃及金字塔下平生第一次昏倒了。原先乐观、健壮的纳西女子，眼看着已经站不起来了，她以为自己大限已至，即将客死他乡，情绪降到了冰点，眼泪止不住哗哗地流。同伴们也慌了手脚，赶紧将她送进大马士革的医院，经过抢救，终于将她从死神手中夺了回来。

通读杨一奔的《地球一奔》，发觉作者写作时立意颇高，不满足于对旅途中种种异国风土人情的描述，更想透过这趟环球之旅，拓展自己对纳西族、对中国乃至对世界的全新观照角度和更高认知层面，环球经历成为她站在全球高度探索纳西民族文化现状与未来的精神之旅。

圆满一奔

作为传统的纳西女人，杨一奔“每到一处，都用纳西人的耳朵去聆听，用纳西人的眼睛去观察，用纳西人的脑袋去思考”。她的使命感很强，觉得自己负有对本土民族文化历史、现状和未来予以探索、研究的重任。东巴文字、纳西古乐、白沙壁画等绚丽多彩的优秀本土民族文化一直令她着迷，但以前她一直只是站在丽江的角度去学习、探究、宣传，这次她想借助环球旅行、出书这个机会，去梳理和探索纳西族乃至中华民族的文化与世界文化、人类文化的融合性和差异性。她更想做的是通过对不同民族文化的比较与思考，得到一些更有价值的东西。

杨一奔的笔下不乏不同文化、民族之间相互比较的文字，充满令人深思的细节。杨一奔认为，一个国家的城市建筑风格如果失去特色，这个城市也就没有了生命力。“在匈牙利的许多城市，所有的建筑，超过50年者一律不准拆迁，因而这个城市特点显著；在法国，有20年历史的建筑都被做了标记——所有这些都引起我的思考。我们自己的城市建筑怎样呢？旧街道、老房子被拆旧翻新，城市仿佛成为断壁残垣。毁坏，正以创新的名义进行——难道这就是发展的代价？！”

在接受媒体采访时，杨一奔敢于质疑文化学者余秋雨《千年一叹》一书中的某些观点。她谈到余秋雨笔下描述的印度恒河拥挤、肮脏、破旧，简直是一条臭水沟，印度人吃喝拉撒、焚化尸灰都在这条河边。但她觉得这是站在中国人的角度去看问题，假如站在印度人对恒河虔诚这个角度，也许会得出完全不同的结论。她觉得所有的文明自身都有一个与周围环境、时间、空间相适应的发展、演变过程，这是历史和民族顺其自然做出的选择，因此，人应该用历史的眼光，站在他人的立场和角度看问题。

杨一奔认为，任何不同文化之间有许多共性，比如，不同文化和不同宗教都倡导勤劳、智慧、勇敢、真诚等价值观，文化的共性是各民族交流的基础，文化只有交流，才能获得发展的动因。

感性而细腻的她发现，实际上，这种民族文化的共性经常表现在一些具体的事情上。比如在东巴经里，“术”文化教导人如何与自然和谐相处。在法国和美国的博物馆参观时她就发现了这一点共性，比如参观印第安人文化与历史的展览，她不由自主产生了强烈的共鸣。在叙利亚大马士革，她遇到一个老太太，虽然彼此不相识，相处不过半小时，但离别时老太太竟然与她相拥而泣，由此她深刻体认到在这个地球上大家原本就是一家人。人与人之间，无须借助语言，心有灵犀一点通，关键在于真诚。

在长达半年的环球旅途中，杨一奔经历了好几回生与死的考验：在金字塔下，她直面死神；她遭遇过沙尘暴；在土耳其误闯战区；等等。在她的记忆中，这并不是她第一次真切感受到死亡。1996年丽江发生七级大地震时，强烈的震感曾让她真实地感受到生与死只是一线之隔。但历经环球旅行之后，杨一奔的生死观与之前大有不同。她发觉自己其实不是害怕死亡本身，更多的是“壮志未酬”的不甘！当陆续拜谒了巴尔扎克、凡高、雨果陵墓，她对生与死又有了更深一层的感悟：人生不在于是否功成名就，而在于是否充实快乐。

环球旅行归来，好长一段时间，杨一奔的身体好像被吸干一样无法坐立，浑身长癣、浮肿，连医生也查不出原因。她最终将整个行程坚持下来，并且是寻访团中坚持到底的两个人之一，靠的正是纳西人一直崇尚的坚韧与顽强的意志。她曾掷地有声地说:“我是‘三条江河一口吞也不会呛着、三座大山一口吞也不会噎着’的民族的后代。”

杨一奔清楚记得，在纳西族东巴教圣地白地，三位大东巴曾为她举行了出征祈祷仪式，他们曾赠给她一个护身符，里面用东巴文字写着：“愿纳西女杨一奔受神灵的保佑，愿她走到所有脚能走到的地方，看到所有眼睛能看到的东西，得到所有能得到的东西，愿她平平安安地回来！”

天时地利人和，让杨一奔的环球之旅堪称圆满。

第七章　失约的夫巴

在束河，我与丽江市原副市长杨一奔不期而遇的当晚，原本还约好与当地一家旅游策划公司的老总见面，但他那天并没有如期而至。

在束河采访时，我与他是经丽江地委宣传部陪同人员介绍相识的，印象中的他脸膛黑黑，头发微卷，高大结实，身上透出一股英气。在交谈中得知，他是农民出身，当过兵，复员后做过工人，担任过政府职员，现在某国企从事文化旅游工作——一听便知他是个有故事之人。当时我在广州一本杂志开辟了一个关于行走的人物专栏，拥有这般复杂经历的人物正是我要寻访的对象，便约他晚上一块聊聊天，听听他的人生故事和生命感悟，并将其形诸笔端。但他最终爽约了，事后得知，他不想过于高调，刻意回避了应允的采访。

虽然人没来，他却托人带来了几本书，都是其著述：《纳

作者与夫巴（右）（陈韬 摄）

西人》《马蹄踏出的辉煌——丽江古城与纳西族历史探秘》《怒江纪事——三江并流激情岁月》。他是纳西人，这些书都是他对自己家乡和族群的历史和文化精研探秘的结晶。他还著有《千古奇人生命的最后旅程——徐霞客与丽江》等著作，并发表过关于时事、军事、城市、建筑、历史文化等方面的文章。透过这些书籍，我粗略了解到他的生平，据此对纳西族的历史和民俗文化有了更多认识。

此人名叫张万兴，笔名夫巴。20 世纪 50 年代生于丽江黄山乡白华村一户纳西农家。纳西族悠久而厚重的历史文化、丰厚而有趣的原生家庭生活，给了夫巴丰富的创作灵感，他的写作题材绝大部分源自日常生活，以及他对纳西历史和文化的探寻和溯源。

在山野河涧中玩耍长大，上山砍柴，下河捞鱼，犁田耙地，打猎野炊……似乎不识愁滋味的夫巴，其实自小就尝遍了劳作的艰辛。但生活的磨难反而成了他人生最值得珍视的财富。仅从《纳西人》一书的首篇就可以看到，夫巴笔下描述的童年生活是多么的野趣盎然，富有生活气息：渔猎篇——戽鱼、叉鱼、拦鱼、钓鱼、猎狐、放鹰……对儿时快乐往事的回忆，夫巴描写得极其细致精准，淋漓尽致。更为精妙的是，夫巴往往将这些看似琐碎的生活细节的描述，与自己的民族身份挂起钩来，他一直以身为纳西人为荣。关于捉鱼，当地人有戽、叉、拦、钓等不同做法，夫巴将这几种场景分门别类细致刻画，还将其与纳西人的俗语和渔谚关联起来：“有水就有鱼”“七上八下九落巢”“为官三年，不如我的蒜漂一摇”……读来生动鲜活，趣味十足。至于猎狐、放鹰这些一般人无法亲历的独特体验，夫巴更是描情状物，绘声绘色，顺手拈来，引人入胜，让那些在城里长大的读者，读后为之艳羡，继而扼腕，叹息生不逢“地”。

对丽江的故土人情，夫巴有着极深的情结，引经据典，如数家珍。风情篇，有关于纳西人宰年猪迎新年、斗牛、养马等各种民事活动的生动描写，更有关于纳西人儒雅好学、崇尚体育的文化传统、乐于参与社会活动积极向上的民族精神等方面的精到描述；风俗篇，有关于丽江一度盛行的跑婚、抢婚、“情死”等传统风俗，以及占卜民俗流变的历史片段记录；风物篇，将丽江最富自然与人文色彩、旅游价值的美景胜地，包括玉龙雪山、大研古城、文笔山文笔湖、“极乐宫”、万里长江第一湾、白沙、束河古镇和泸沽湖在内的众多景点“一网打尽”；文化篇，对早已声名远播的东巴文化、纳西古乐以及外来宗教文化作了较为详尽的推介。

在这些篇目中，笔者印象较深的是那些与夫巴亲身经历有关的美文。在风情篇《砍樵的母亲》一文中，他以饱含深情的文字，细致描述了幼年跟随母亲上山砍柴的经过。本来，在他的幼年记忆中，砍柴是最苦最累、又最富于挑战性的农活，由于有了母亲的关爱和护佑，在他感性的文字里，砍柴反倒成了一种苦中有乐的农活。夫巴的文字有其独特风格，质朴、平实、灵动，让人读来仿佛身临其境。最突出的是他的白描文字往往呈现一种强烈的镜头感和画面感。且看他如何描写协助母亲推柴上背的情景："她用一捆嫩枝叶做垫背，垫在腰上，然后把身体靠在柴背上，似乎要躺在上面。把背绳从肩的两边合拢，套好，用牙咬着一端，两手便尽可能地往前伸。抓住一蓬小树，乘（趁）着我在背后的推力，她'哼'的一声，先是膝头支地，再换一只脚，站起来，并由下往上地一抖。把沉重的柴捆颠到背上，拴紧背绳，佝着腰，终于起步。我扛一段树干，紧随其后……"。又如《宰年猪》一文，夫巴将杀猪情景描述得有声有色："……只见他摸准猪喉管，斜着一刀捅进去，再旋转，拔出，鲜红的血便喷射而出，蒸腾起一股热气。肥猪发出一声痛苦至极的号叫，四脚乱蹬乱踢，作垂死挣扎。渐渐地，它似乎不屑一顾，似乎大彻大悟，安静下去，沉寂下去，人们终于吁出一口长气。"这样的文字描写，在书里比比皆是。文学来源于生活，如果不是对这些情景烂熟于心，并且善于观察和总结，断难写出这种形神兼备、活色生

背樵老人（倪黎祥 摄）

香的文字。

但夫巴的真正功力不限于此，他对纳西历史和文化的深入研究更体现在《马蹄踏出的辉煌——丽江古城与纳西族历史探秘》一书中。夫巴以充足的史料为依据，批判性吸收了前人的研究成果，系统梳理了纳西族及丽江古城的源流变迁及其相关的系列问题，思路开阔，理据说话，旁征博引，纵横捭阖，为那些痴迷于纳西文化的读者打开另一扇观照之窗。如《古城格局之谜》一文谈及古城文化渊源的三种观点，质疑木氏为古城初创者的观点；《“依古敦”与濮蛮》一文则论证了谁是丽江最早的居民的命题；《“野共州”之辩》一文探讨了野共州与丽江的关系；《越析诏溯源》一文则是探寻秦帝国与纳西先民的神秘关系，汉武帝的雄才大略与纳西人的南进，并分析了“筰、宾川分县及越析诏的崛起”的原因……在夫巴的研究范畴中，葬送一个王国的风流娘子、格萨尔所敬重的对手萨旦王、唐朝大将军与磨些蛮武官、所向披靡的忽必烈、发现丽江文化的洛克、云游天下的徐霞客等历史名人统统在列；姜岭大战、南诏归唐、“铁桥之战”、忽必烈南征、木氏迁府、“改土归流”等著名历史事件也在他的笔下一一复活。

不迷信，不盲从，敢于质疑权威，有自己独立观点判断，出之有据，言之成理，是夫巴著述的一大特色，也是其价值之所在。关于丽江古城文化渊源的三种观点，夫巴一一列举事实予以澄清；关于丽江古城是本地土司建造的说法，夫巴追根溯源予以证伪；关于“野共州”即指今日丽江的观点，夫巴提出三点质疑意见供大家明鉴；关于丽江古城建城时间的确定，夫巴自有其独到见解；关于古纳西族的起源，夫巴也不是盲目附和权威专家的观点，而是大胆假设，认真求证，有理有据，以理服人。凡此种种，在书中俯拾皆是，不一而足。

据其在后记所述，起念撰写此书，纯属说者无心，听者有意。当年在昆明市规划局办公楼里，众人谈论起纳西文化，某君提到一个问题：丽江古城的独特格局源于何种文化？盖因中原文化不可能产生像丽江古城这样随意自然的城市格局。夫巴几天后就写出一篇文章，并在当地报纸刊登，引起一定反响，这才促使他去系统思考丽江古城和纳西族的历史文化问题。虽然这些问题已经被纳西学的权威专家研究过，但他以初生牛犊的精神，勇于挑战权威学说。

捧读夫巴的著述，笔者不禁喟叹：他以历史爱好者的身份，用两年业余时间，翻阅了大量关于纳西族历史文化方面的著作、资料，才著成此书。特别值得一提的是，夫巴为了让自己的研究成果更扎实，更经得起考验，还策划了实地考察古纳西人祖居地盐源、木里暨攀西地区的探访之旅，以第一手资料作为论据佐证自己的观点。他以行动践行其一直信奉的人生格言：生命的价值在于体验。

夫巴的文字，让我的脑海中不期然浮现艾青《我爱这土地》中的著名诗句："为什么我的眼里常含泪水？因为我对这土地爱得深沉。"是的，夫巴对纳西历史文化的研究屡有斩获，正是源于他对丽江这片土地爱得深沉而热烈！

第八章　泸沽湖恋歌

泸沽湖，连着云南和四川两省。这一面高原上的湖泊，犹如天界遗落凡间的一块美玉，坠入云贵高原一片崇山峻岭的缝隙之中。远远望去，一泓湖水蓝莹莹的，充满了灵秀仙幻的气息。

丽江城区距离泸沽湖 280 公里，不算太远，但路途多是盘山土路，崎岖难行。哪怕到了 20 世纪 90 年代中期，当地信息依然闭塞，偏居一隅的泸沽湖仍然是“藏在深山人未识”，听闻的人不多，游人罕至。

但凡美得不可方物的东西，似乎都远离人间烟火；但凡不染尘俗的事物，往往更令人心驰神往。

来自广州的 Helen 先知先觉，去了泸沽湖。那是 1998 年 7 月，一个万物生长的季节。

泸沽湖（倪黎祥 摄）

逃往泸沽湖

我与 Helen 相识于 2007 年，正是人间四月天，她从泸沽湖刚回到广州。Helen 想约当地媒体讲述她发轫于泸沽湖的情感故事，经一位熟人牵线，我欣然赴约。我早于 Helen 去过泸沽湖，对刚从泸沽湖回来的 Helen 自然多了一份亲切感，更期待在与她的交流中重温昔日美好时光。

我们相约在广州沿江路一间酒吧会面，那天 Helen 一身素净，脸上明显带有高原生活留下的粗粝印记，但仍抹不去她身上都市知识女性的干练。

寒暄过后，Helen 便切入正题，说道：“当年我与朋友 Rose 结伴，从广州出发先到丽江，在丽江又认识了一位来自比利时的小伙子，大家相约一同前往泸沽湖。我们出门时正好赶上云贵高原雨水季节，从丽江去泸沽湖的路上，雨一直在下，道路曲折蜿蜒，泥泞不堪，好像我们踏上的是一条不归路。区区两百多公里的山路，我们竟然耗费了十几个小时！抵达泸沽湖，已是深夜时分。”

一路上，Rose 和比利时小伙子都没有觉察到，表面波澜不惊的 Helen，其实内心也在下着瓢泼大雨！她来丽江和泸沽湖，更多是为了逃避婚姻的困扰。

Helen 说：“当时，我正陷入离婚拉锯战。我是某年到广州出差时认识前夫的，随即他对我紧追不舍，而我也到了适婚年龄，便顺其自然嫁到广州。但凭着女性的细腻敏感，哪怕是在热恋期，我也觉察到了两人在性格上的巨大差异。”

回首往事，Helen 感慨万分，她形容与前夫的结合如同火箭发射时与卫星的配搭，在磨合初期凭着一股巨大推力，双方协同一致朝着同一个方向狂奔，可一旦到了某个阶段，便开始了箭星分离。

性格不合，正是导致两人最终分手的最大作用力！

貌合神离的日子对双方来说都是一种折磨，情况越来越糟糕，由最初的冷暴力发展到后来的言语伤害，双方都感到无法再忍受下去了。

Helen 说："我俩都意识到长痛不如短痛，都想尽早结束这段婚姻，实际上我们也早已分居。但我们也很清楚，离婚带来的伤害，岂是一纸协议可以草草了结的？之所以未办离婚手续，除了双方暂时未能对孩子的抚养权归属达成共识外，还担心离异会对孩子心灵造成永久伤害。毕竟我俩都很爱儿子，他是我们的命根子。"

剪不断理还乱。Helen选择了暂时逃离，来到与世隔绝般的泸沽湖，想好好静一静，散散心。

邂逅摩梭男人

在泸沽湖，Helen 遇见了她生命中第二个重要的男人，一个英俊的摩梭小伙子。

这一趟远行，Helen抵达的，不仅是美若仙境的泸沽湖，更是一个摩梭男人的心之湖。

这倒是 Helen 始料未及的。Helen 回想起来，与这个男人的邂逅与浪漫根本沾不上边。她说，泸沽湖被人津津乐道的"走婚"

摩梭小伙子

习俗，与坊间流传的有关“艳遇”的种种离奇传闻之间其实并无多少关联，都是后来一些人穿凿附会而已，在当时根本无此一说。

第二天一大早，天空终于放晴，Helen 在鸟儿欢快的啾鸣声中醒来。一路上舟车劳顿的疲乏感尚未完全褪去，她睁开惺忪睡眼，从客栈的窗户望去，只见远山含黛，彩云变幻，下面是一汪静水。朝思暮想的泸沽湖就在眼前！ Helen 定睛细看，湖水仿佛大海一般苍茫浩渺，有如一块一眼望不到边的巨幅蓝色绸缎，轻轻柔柔地铺在大地上。微风过处，湖水荡漾，就如同绸缎的微微皱褶。几座神山突兀地挺立于水边，独木舟和捕鱼人的影子隐约浮现，好一派“云自无心水自闲”的诗情画意。

Helen 一骨碌爬将起来，快速梳洗一番，便兴致勃勃地赶到湖边，先约好游湖的独木舟——当地人称其为“猪槽船”，接着租衣、照相，折腾了好一番，才姗姗上船。

到了船上，Helen 看到船头坐着一个摩梭小伙子，身板挺直，手撑船桨，眼睛直勾勾地盯着她们，面露不悦之色，兴许是责怪她们耽搁了不少时间。

开船了，摩梭小伙子依然阴沉着脸，默默划着船，始终不发一言。Helen 正好与他面对面，背衬着泸沽湖的景色，Helen 眼前的这个摩梭小伙子显得高大英俊，浑身上下透露出一种有别于都市男人的野性魅力。

Helen对这位摩梭小伙子的不悦毫不介怀，像对小弟弟一样哄着他开口说话。慢慢地，他也消除了起初的一丝芥蒂，与Helen有问有答，互动起来。交谈中得知，摩梭小伙子名叫大狼。

心为物役，此时的Helen心情大好。泸沽湖在她眼中如同明镜一般，湛蓝的湖水在阳光下泛着白光，犹如一只只蓝精灵在水底扑闪着眼睛。

Helen说：“玩到兴头上，Rose和比利时小伙子忍不住先后跳下湖游泳去了，接着另一个划船的小伙子也跳了下去。大狼见状说他也想下去，我便怂恿他也下去游，大狼马上摇头说：负责划船的人是不允许下去游泳的，现在有一个已经下去了，如果他也下去，留我一个人在船上就太危险了。我听了心头一暖，觉得他是一个负责任的男人。”

Helen 他们到泸沽湖的里格半岛游玩，大狼跑去买啤酒，回来问Helen要不要喝，她正好口渴，二话没说拿过来就喝了一大口。大狼看着 Helen 开怀畅饮的样子，带点坏笑地说道：“晚上我去找你吧？”

Helen 心里咯噔一下，她毫无心理防备，拿不准大狼此时说的是一句戏言，还是当真的。其实 Helen 事前也知道，当地仍保留着“走婚”的习俗。她微微抬头瞥了大狼一眼，此刻大狼的眼神显得扑朔迷离，散淡中似乎透射着一丝丝的热烈，戏谑中又夹杂着一点点的真诚，一时之间实在难以从中捕捉到这个摩梭小伙子的真实情感。

出于女性的矜持，她将目光从大狼的眼神中游离开来，此后再也不太敢与大狼的眼神直接碰触，也几乎是出于本能，她故作开怀地大笑道："好啊！"借此掩饰自己内心的情绪波动。

大狼的这一声呼唤似乎与她心声暗合。慌乱之下，连她自己也拿不准对大狼该持什么样的态度了：是该保持适当距离，还是该逢场作戏？

篝火舞会

摩梭人世居泸沽湖畔，生活在云南一侧泸沽湖畔的摩梭人属于纳西族，对岸四川的摩梭人则属于蒙古族。摩梭人据说是中国最后一个母系氏族社会的"活化石"，被称为"神秘的女儿国"，长期保持"男不婚、女不嫁、结合自愿、离散自由"的"走婚"习俗。走婚男女分别叫"阿注"和"阿夏"，俗称"阿夏婚"。

Helen 说，那天晚上参加篝火舞会时，又遇到了大狼，这次他很热情，忙前忙后招呼着。

有人说，摩梭男人除了负担一些女人干不动的重活，其余时间大多喝酒，陪客人游船、跳舞。大狼似乎也不例外。刚跳了一会儿，就开始噼里啪啦的下起雨来，大家赶紧跑到屋檐下躲雨。站在屋檐下，Helen 和大狼一边看着眼前飘飘洒洒的雨丝，一边有一搭没一搭地聊着天。突然，大狼转过脸，对着 Helen 说道："小姐，

篝火晚会

我能不能跟你走婚？”Helen 连忙侧过身子，透过微弱的光线看着大狼，只见大狼一脸真诚地注视着她。凭着女性的敏感，Helen 明显感觉到，大狼说这番话时的神情与下午时完全不一样了，显得多情而热烈，焦灼而热切！显然是动了真情。Helen 一时无语，表情极为尴尬，只是下意识模棱两可地应道：“我们……还是先做朋友吧。”大狼看了 Helen 一眼，抛下一句话：“那我先回去了，明天再来找你喝酒吧！”就突然冲出屋檐，身影很快消失在苍茫夜雨之中，留下 Helen 一个人愣愣地呆立在那里，一时不知所措。

这个“阿注”在 Helen 的艰难时刻出现了，却似乎打乱了她内心的节奏，让她原本纷乱不堪的内心更加波澜起伏。

晚上回到客栈，Helen 依然沉浸在与大狼雨中对话的情景之中，情不自禁地向 Rose 和盘托出，谁知 Rose 听了她的叙述，给她泼了一盆冷水：“我看你是疯了吧？你怎么会对他有兴趣，你们相差太远了！”

但 Helen 相信自己的直觉，她觉得自己与大狼冥冥中有缘。

情陷泸沽湖

第二天，天刚蒙蒙发亮，太阳如同一个赖床的孩子，磨磨蹭蹭地爬将起来，在泸沽湖洗了个澡，才半遮半掩地蹚出水面，跟早起的人们打照面。

太阳甫一露面，大狼就与往常一样找 Helen 他们喝酒聊天来了，Helen 偷偷瞄了大狼几眼，没有发现他的神色有任何异样，依然跟他们快乐聊天，插科打诨，天南地北，仿佛什么事情都没有发生过。两人也心照不宣，在人前绝口不提那个敏感的话题。

但细心的 Helen 依然察觉到大狼玩的一点小心机，他想借故支开 Rose，但不明就里的 Rose 偏偏没有听其摆布，大狼的小心机因此没有得逞。

可是计划赶不上变化。Helen 他们原本打算在泸沽湖住上一周的，恰好遇到两个来自北京的大学生，正准备从丽江骑自行车去香格里拉。Helen 他们一听马上来了兴致，当即决定缩短在泸沽湖的行程，搭伙同去。

得知 Helen 临时更改了旅行计划，马上就要离开了，大狼只是点了点头，淡淡地说：知道了。

Helen 坐车离开泸沽湖，车子一直绕着湖边行驶，眼前美丽的湖水忽隐忽现，Helen 心中却是翻江倒海，她意识到自己可能堕入了情网！她觉得自己像一只被放飞的风筝，无论车子开出多远，都有一只无形之手在牵绊着她。那一刻，她忽然有了一种强烈的感觉，觉得自己属于这片土地，终将还会回来。

泸沽湖就有如斯魔力，一旦亲近它，就会在人的内心深处悄然扎下根来，就像云南随处可见的红豆杉树扎根于这片沃土。

Helen先赶到丽江，与那两个大学生会合，再结伴骑车前去香格里拉，途经虎跳峡时，她忍不住给大狼写了一封信，一并寄出沿途拍下的照片，也写下了对他的思念。在信的结尾，她说，有可能，在大狼还没有收到这封信的时候，她将再次来到泸沽湖。

从香格里拉返回丽江途中，Helen 不听伙伴们劝阻，执意要再次前往泸沽湖，她要印证自己内心的决定是否正确。Rose 忍不住骂她烧坏了脑子，劝她还是慎重点好，但此时的 Helen 归心似箭。见她心意已决，其中一个男大学生表示愿意陪她回去，好有个照应。在路上又碰到一个澳门旅人，一起包车去了宁蒗县城。

重归泸沽湖的旅程却分外艰辛，一路滂沱大雨，还遇上塌方。车子深陷在悬崖边的泥泞山路里动弹不得，众人只得弃车步行，途中再搭乘一辆农用卡车继续前行。就这样，一路上淋着雨，浑身透湿，还溅满了泥巴，直到半夜才摸回了泸沽湖。

第二天清晨，当第一缕阳光洒进客栈房间，Helen 揉揉惺忪睡眼，想着一骨碌起身，才发觉浑身酸疼像散了架一般，但她仍咬咬牙爬将起来，收拾停当后便急匆匆跑去湖边找大狼。

Helen 手头上没有大狼的电话，只有他家的地址。在湖边看到大狼的表哥，称大狼一大早就出去划船了。Helen 托表哥转告他，她回来找他了，还住在原来的旅店原来的房间。

摩梭男人的心思实在猜不透，一天一夜过去了，根本见不着大狼的身影。这种冷遇让 Helen 倍感煎熬。第二天一大早，心绪不宁的 Helen 顾不上女性应有的矜持，又跑到了湖边。

这次还是只见到大狼的表哥，表哥说，大狼正在村口一个小店里帮忙哩，让她过去找他。

对于大狼的漠然态度，连陪同 Helen 回来的那个北京男孩也看不过眼，替她打抱不平，倒是 Helen 沉得住气，沉吟了半晌，决定去小店一趟。大狼见到她，只是淡淡地道了声：“来了？”语气不愠不火，神情不冷不热，没有丝毫惊喜的样子。

这种情形让 Helen 有些尴尬，也有些局促，她极力掩饰自己内心的慌张。

Helen 对大狼说，他们去了两公里外的菩萨洞玩，刚好路过这里。大狼说，那中午就过来吃饭吧。他们如约而至，才发现大狼是与村里的伙伴一起吃的饭，吃完各自付账走人。

大狼的表哥约 Helen 他们晚上出去喝酒，但大狼依然没有来。Helen 与北京男孩有点失望，回到了客栈，坐在旅店里有一搭没一搭地聊着天，从客栈的格子窗望出去，一弯新月正悄悄爬上树梢。

北京男孩对白天发生的事情仍然耿耿于怀，对 Helen 说：“姐，我们还是回去吧，大狼好像并不欢迎我们。”Helen 也在内心告诫自己：如果这天晚上大狼再不来找她，她就真的回去了。

大狼的表哥来客栈看望Helen，解释说大狼最近的确有点事，然后就走了。不久，Helen突然听到外面有人蹚水走来的声音，边走边在喊她的名字，Helen赶紧推门一看，果然是大狼！一阵狂喜之下，Helen连忙将大狼迎进屋子，北京男孩识趣地离开了。他俩

泸沽湖（倪黎祥 摄）

在屋子里坐了很久，欲言又止……

昏黄的灯光下，大狼的眼睛清澈而纯净，大胆而热烈，那一刻Helen心如鹿撞，满脸绯红。她仿佛回到了怀春少女的年纪，一种如同初恋一般甜蜜的感觉顿然溢满心头。大狼情到浓时，竟然有点不能自持，想着有进一步的举动。但理智的Helen还是努力守住了自己的底线。但她觉得，眼前的这个男人是可以以心相许的。

那段时间，Helen与大狼天天腻在一起，白天一起划船，晚上一起跳舞、喝酒，她充分享受到了一种浪漫而放松的愉悦。

人世间的男女情事就是如此奇怪：一个是生长在都市、受过高等教育的汉族女子，一个是天生天养、学历不高的摩梭男人，两个人在年龄、文化背景、生活习性和情趣爱好等方面差异巨大，有如生活在泸沽湖两岸的摩梭人，貌似相近，习性却迥然不同。然而，这丝毫不妨碍两人在电光石火一刹那，心灵相通，情意相融，迸发出炽热无比的情爱之火，一旦燃烧起来，便是万丈火焰。

逾越几道关卡

Helen 喜欢研究星座。她是水瓶座，个性特征是好奇心强，拒绝循规蹈矩，不按常理出牌。

Helen 没有想到，爱情仅凭一时勇气就可以争取得到。然而，两个人的关系要从爱情走向婚姻，要牢固地维系下去，还要生活得幸福，不是单靠星座契合就可以迎刃而解的。Helen 与大狼的结合，比其他爱侣要跨越更大的鸿沟，面临更大的考验，付出更大的代价。

首先，Helen 要过生活关。

山里人的生活从来就不是充满诗情画意的，而是荆棘满布。摩梭人的生活仍基本处于农耕时期，要向大自然讨饭吃。有的摩梭人穷困潦倒，年收入区区几百元，生活之艰难令人难以想象。庄稼种上之后，村里的男人就把牛群赶到山上放养，轮流上山看牛。一天，大狼对 Helen 说，他要和表哥一起上山放牛。征得大狼同意后，Helen 高高兴兴地跟着大狼和表哥上山了。

路上遇到一个刚刚结婚、与父母一起前来泸沽湖旅游的香港男人，说起因为家庭琐事与妻子吵了一架，便躲到泸沽湖散心来了。Helen 听后不禁莞尔。她突然觉得，都市生活的种种困扰离她越来越远，她很满足现在的生活状态。

进山要走五个多小时的山路，一路上不断有人遭到蚂蟥的伏击，它们纷纷从树上掉下来，有的径直掉到人的身上，噬咬人的血肉。好在Helen走在前面，反应又快，没被咬到，后面的人可就惨了。这得感谢大狼的悉心安排，让Helen走在前面，他知道蚂蟥是闻到人味儿才出来的，走在前面的人相对安全。

Helen 打心里喜欢上这个摩梭男人，富有生活智慧并懂得疼人。

山上条件之艰苦超出Helen想象：一个破草棚搭在山顶空地，中间架上木柴，生着火，走了一天山路，肚子饿了，只能烤些土豆就着开水吃。爬山越岭出了一身汗，却没有水洗脸洗澡，彼此都能嗅出对方身上的汗味儿。倦了，各人在一个角落铺张毯子，躺上去就和衣呼呼大睡。

艰苦归艰苦，Helen 却心生欢喜。她说这种旷野生活与她的心性十分契合，将之视作大自然的恩赐。

山中方一日，世上已千年。在山中短短 8 天，Helen 与大狼在朝夕相处中加深了对彼此的了解，她认定这个摩梭男人是值得托付的。

接下来要过的是大狼的心理关。

回到山下，Helen 鼓起勇气将自己现在的家庭状况向大狼和盘托出。当她诉说着过往的一切不堪时，内心终究是忐忑不安的，她不知道摩梭男人对法律婚姻关系的真实态度——他会介意比他年长 6 岁的自己吗？会介意她有一个儿子吗？最关键的是他愿意与自己相守终生吗？

大狼听后一脸坦然，语气轻松地说他对这些并不在乎。他的回答很率真，Helen 感动得一塌糊涂。

此时的 Helen 沉浸在爱情中，如饮山中采酿的蜂蜜。

Helen还要过丈夫那关。Helen意识到，如果她想和大狼在一起，就必须回广州彻底做个了断。她这回是铁了心要与丈夫办理离婚手续了，但关于孩子的归属，她依然要面临痛苦的抉择。

回到家里，Helen将自己与大狼的事向丈夫如实相告，希望他能高抬贵手，同意孩子转由她抚养。但招来的却是丈夫一顿拳脚，他还打电话将此事告诉了Helen父母，控诉她精神出轨。Helen本是父母的掌上明珠，可他们却差点因为此事与她断绝关系。Helen的心如同刀绞般疼痛，她忍气吞声，竭力挣扎，也一度想过放弃，选择留在广州不再回泸沽湖，这样最起码可以经常见到儿子。

但 Helen 的心已经一分为二，一半给了在广州的孩子，一半留在了远方那片湖水，托付给了那个摩梭男人。

拿到离婚证的第二天，Helen 就飞回了丽江，大狼赶到丽江机场接她。Helen 说，那真是一段肝肠寸断的旅程，那些日子她几乎天天哭，想儿子。从未经历过这种情况的大狼，一时手足无措，只是赌气说："要不我去广州把儿子抢回来吧！"这让 Helen 感到又好气又好笑。在她眼里，大狼更像一个在成人面前逞强的孩子。

Helen 与大狼还要分别过双方父母的关卡。

Helen 与大狼是正式结的婚。大狼的家人可能隐约知道 Helen 的婚姻状况，但并没有多加追问，只是顺从了大狼的意愿，请当地喇嘛择取了迎娶的良辰吉日，两人按照摩梭风俗举办了一场婚礼。那天，从早上10点直至下午4点多，Helen穿着摩梭人的传统服装，与大狼一同迎接一拨又一拨前来道喜的客人，敬奉喜糖，端茶送酒，饮宴宾客，忙得不亦乐乎，虽然Helen的父母至亲缺席婚礼，但嫁给爱情的幸福感却一直洋溢在她的心头。

传统上，在泸沽湖很少有女性可以正式嫁进夫家，一来大狼的父亲在当地属于比较开明的人士，在当地一所学校当校长，接受过现代文明的教育；二来则源于另一层历史原因：大狼的父母是在“文革”时期结的婚，当时已不允许“走婚”。大狼依样画瓢，Helen才得以正式嫁入摩梭人家。

大狼却缺少Helen的勇气，似乎很难过得了Helen父母那关。Helen家在昆明，父母是知识分子，Helen借到昆明开会的机会，带大狼去见父母。为了遮人耳目，她叫上同事，三人一同去了Helen家。Helen的父母并没有察觉出异样，她也就没有当场说破。大狼不习惯在昆明的生活，住了几天，就打道回泸沽湖了。

Helen是想以时间换取空间，等待着与父母和解的最佳时机。

生活是简单的，生存却是艰难的。Helen和大狼最难以跨越的，恐怕还是生存这道巨大关口。

Helen说，跟大狼上山放牛，只是在泸沽湖生存的一个小考，大考还在后面！1999年，她生下儿子，儿子满月后，她和大狼商量，打算返回广州工作。大狼起初极不情愿离开家乡，Helen 也不想勉强他。可她临走时，他又改变了主意，决定跟她一起走，他说不放心 Helen 一个人回广州。Helen 赶紧收拾行装，带着大狼回到广州。

广州，对来自大山的大狼，犹如一个花花世界。Helen 对此也是后知后觉：大狼如同深山老林的麋鹿，误打误撞闯入一座都市森林，这个他不熟悉的领地令他一时无所适从。

Helen 租好房子，便开始找工作，也帮大狼找到一份在台球馆当保安的工作。但广州这座大都市呈现的生活形态、工作节奏和人情世故，与泸沽湖截然不同，犹如一道道铜墙铁壁，将大狼自由奔放的天性禁锢起来。

Helen 发现大狼渐渐变了，虽然不怎么抱怨了，却变得沉默寡言，晚上过往车辆的嘈杂声浪从街道那边传来，滋扰得他睡不着觉，他开始神经衰弱。Helen 对大狼在广州曾经的那段生活，只是匆匆带过，语焉不详。

一个人来到陌生的地方生活，最初都会心生恐惧。一位朋友描述过，广州留给他最深刻的一幕，就是站立在闹市一座人行天桥上，望着眼皮底下人来人往、车水马龙的情景，一时恍如隔世，不知身归何处。我由此推想，大狼初来乍到，这种不适感恐怕是一样的，甚至有过之而无不及。

重归泸沽湖

泸沽湖，是地球表面的一滴眼泪。

在广州栖居的日子，Helen 也想念泸沽湖，想念那个纯净自然的世外桃源。直到有一天，朋友对她说："既然那么喜欢那里，为什么不回去呢？"

那一刻，Helen 突然福至心灵："对啊，为什么我就不能跟着大狼重回泸沽湖生活呢？那儿是他的家，也是我的家呀！"

他们终于又回到了泸沽湖。大狼有如重获新生一般欣喜雀跃，Helen 却要直面一个严峻现实的人生课题：自己既无法像当地的妇女一样下地干活，也不会养猪，靠什么在这里生存下去？

当生存成了头等大事，往往会激发人的信念和斗志。Helen 拿出几万元，给大狼家盖了房子，办了一家小旅店。她搜集了一些有关摩梭人民俗文化的资料和实物，打算在小旅店办一个摩梭人民俗历史的展览，以此招徕游客。为此大狼特地去了一趟昆明，借住在朋友家，花了整整三天时间将这些资料拷入电脑，带回泸沽湖，在网吧将这些以东巴文字写成的资料翻译成汉语。可惜旅店远离湖边，生意惨淡，不仅没挣到钱，还欠了一屁股债。

无奈之下，Helen 又向朋友借了些钱，在泸沽湖开了一间酒吧，取名为“大狼吧”。每当有客人来“大狼吧”，Helen 就向他们介绍摩梭人独特的风情和文化。随着她的故事被一些报纸和电视台关注，客人渐渐多了起来，“大狼吧”得以维持下去。后来，他们又在丽江开了一间酒吧，希望经济能宽裕一些，可以做更多的事。

当浪漫美丽的爱情蜕变成日复一日的庸常，Helen 发现自己与大狼之间不和谐的苗头开始显现，矛盾隔阂逐渐显露，她一直担心的火箭与卫星脱离的情形似乎又要发生了。

Helen说：“大狼是一个非常喜欢自由的人，他和我在一起肯定会受到许多束缚。一天晚上，我开玩笑说不如关了酒吧到湖边住几天，他马上跳起来收拾行李。他虽然喜欢喝酒，却不喜欢待在酒吧。因为客人到酒吧来，就是为了看我们，和我们聊天。他并不喜欢像祥林嫂一样反复地向客人讲述同样的故事，陪客人照相更让他感到心烦。可我一个人又实在忙不过来。只要我一离开，酒吧的生意就一落千丈，为了生存，我必须每天待在酒吧里。此时大狼的肝脏已经出现问题，有时让他少喝些酒，多帮帮酒吧做事，他一不高兴，就拂袖而去。”

大狼最在意的还是大家庭式的生活，然后才是自己的小家庭。要维系大家庭的关系殊非易事，Helen察觉出，自从嫁入大狼家，他的父母比较能接纳她这个儿媳妇，但大狼的姐妹对她还是有点儿排斥。如果要按照汉族人的标准来要求大狼，生活中难免会有摩擦。

其实，山外人通常是作为社会人的身份而存在的，摩梭人实际上仍处于自然人的阶段，自然人有其与生俱来的浓重天性，比如直白，率性，敢爱敢恨。Helen认为，与大狼邂逅，彼此之间本就不应该被太多外在的东西束缚和禁锢，两个人要的不正是那种自由自在的感觉吗？

“当初爱上他，就是因为他这份自由自在的天性。和大狼在一起，让我最感幸福的是，他给了我绝对的自由，无论什么时候，无论我想干什么，他都兴致勃勃、义无反顾地支持我。但家庭生活的维系，光靠这份自由是远远不够的，是填不饱肚子的，我希望在日常生活中他能多帮帮我，多为我们的未来着想，但连这种最低要求大狼都做不到。”

对这段婚姻，Helen 的内心难以自抑地滋生出了纠结和失望的情绪。

“我每年都会回广州看望儿子，带他吃吃饭，毕竟我是他的母亲，他是我在这个世界上永远割舍不下的爱。在昆明，我和大狼的儿子也上学了，由我父母帮忙照顾。小家伙非常聪明可爱，我希望他能接受良好的教育，也能像他爸爸一样纯真善良。”

Helen 敏感地意识到，她的婚姻面临着冲击。

Helen 说：“大狼会面对许多诱惑，一些游客会向他示好，他的族人依然保留着‘走婚’的习俗。他的天性和我们习惯的婚姻生活是不一样的。我不知道明天会如何，能不能永远在一起。”

沉吟半晌，Helen 又似有所悟道：“一个人最重要的还是要清楚自己内心对婚姻的期许，明白自己要的是什么，愿意付出什么代价，做出怎样的妥协。想明白了，对自己选择的道路，就没有什么可后悔的了，这也是漫长人生一个学习成长的过程。”

Helen 依然无悔当初的抉择。她还记得与当地一个年纪四十开外的妈妈在火炉旁聊天的情景。由于言语隔阂，她们的交流是连比带划的，但聊得很开心。这个妈妈生育了三个孩子，起初是按当地习俗“走婚”，但随着风气开化，年纪渐长，两人便将伴侣关系明确固定下来，形式上与世俗婚姻无异。看得出这个妈妈对家庭对生活充满热忱，Helen 从她身上看到了自己的影子。

Helen 感恩与泸沽湖的缘分，这种缘分肇始于对大狼的爱，并渐渐让位于对摩梭人的爱，她愿意为摩梭人做一些力所能及的事情。泸沽湖赐予她的，是让她找到了适合的生存方式。与前夫分开、与大狼结合的这段经历，教她懂得：人的生命里，爱情固然重要，但不是生活的全部。有爱，当然要付出，爱一旦终结，也要坦然面对。与大狼这段情感经历更让她产生了一种近乎魔幻般的感受：从悬崖上跳了下去，又挣扎着爬了上来。

Helen 的泸沽湖之恋，让人不期然想起清代词人纳兰性德的《木兰花令·拟古决绝词柬友》："人生若只如初见，何事秋风悲画扇。等闲变却故人心，却道故人心易变。骊山语罢清宵半，泪雨霖铃终不怨。何如薄幸锦衣郎，比翼连枝当日愿。"

Helen的诉说又有如一把手术刀，对两段婚姻的成败作了剖析，让她对人生有了更深刻的理解。她认为前一段婚姻是因为性格不合导致分离，根本无可挽回；后一段婚姻则因为三观的差异产生分歧，未来仍未可期。她渐渐明白一个道理：这世上没有一段婚姻是处于理想状态的，如果说有，也是基于让双方的内心得到相对的满足和平衡。

知性的 Helen 内心既天真又成熟，既有阳光的味道又有阴霾的影子，如同丽日晴天与阴雨绵绵下的泸沽湖，呈现着波光粼粼与波涛汹涌的两面。

在我眼里，这才是人间情感的实相，既真实，又无奈。

第九章　“殉情之地”

当年采访云南丽江大地震，与时任中共丽江地委宣传部部长和家修先生相识结缘，他是我们在丽江认识的第一位当地官员。那段时间他与我们打过许多交道，为我们的采访提供过极大的帮助，他的务实、勤勉和精干给我们留下了极其深刻的印象。

印象中，和家修先生五十开外的年纪，一眼看去，就像个普普通通的纳西人：中等个头，面容瘦削，肤色黝黑，满布皱纹，特别是法令纹线深刻，展露出在高原地区生活的风霜痕迹。但因其职业、地位和学识，其儒雅的谈吐和气质，又有别于当地普通人。

大地震一周年、三周年和五周年纪念日，我们三度重返丽江，有机会与和先生欢聚一堂，回首昔日时光，展望美好生活，彼此相谈甚欢。可是到了十周年纪念日，当我们第四度重返丽江时，才得知他已经退休了，与其缘悭一面，不免略感遗憾，似有所失。回到

和家修先生（中）与丽江、三坝、俄亚东巴合影（和家修 供图）

广州后不久，我收到和家修先生寄来的《抢婚、逃婚、跑婚、殉情：一户纳西人家的奇异婚俗》一书，通读之后才惊觉：曾经多次到访的丽江，原来曾盛行那般骇人的“殉情”习俗。

接触一些历史文献后发现，“殉情”这种践踏生命、有违人伦的民间陋习在丽江其实早已成为过去式，丽江“殉情之都”的称谓也早已被扫进了历史的故纸堆。“殉情”陋习之所以在丽江迄至20世纪40年代末的漫长岁月中盛行一时，原因比较复杂，但主因则肇始于1723年清朝在丽江实行“改土归流”政策。清政府在施行了不少有益于当地经济和教育发展举措的同时，也在传统习俗与中原汉族迥然有异的纳西族中极力推行“三纲五常”“三从四德”等封建礼教，强化包办婚姻制度，形成“恋爱自由，婚姻不自由”等畸变习俗，与纳西族崇尚的刚直勇猛、尚武崇德、重情义、“不畏死”的民风产生激烈的冲突抵牾。成千上万的纳西族青年“宁为玉碎，不为瓦全”，对封建包办婚姻制度以死相争，用宝贵生命去祭奠自己的爱情理想。

随着新中国的成立，彻底取消了封建包办婚姻制度，纳西族青年又可以自由恋爱、自由结婚了，那种延绵了两百多年的“殉情”旧俗随即偃旗息鼓，渐渐湮灭于历史的尘烟之中。

和家修先生出版此书，回望自己族人中曾经出现过的各种奇婚异俗，既是对历史的钩沉缅怀，也是对当下人们的善意警醒。

描述丽江“殉情”传统习俗，和家修先生当然不是第一人。旅居丽江多年的洛克在其《中国西南古纳西王国》一书中多有涉及。

“殉情者不会在他们自己的村子和家里自杀。”洛克的这一说法却与顾彼得的记载略有出入，顾彼得说：“……殉情在家里进行，堂屋是最合适的地方。”顾彼得提到两个故事：一个是说，姑娘为在台儿庄战役中阵亡的情人殉难；另一个则是姑娘不堪恶毒婶婶的污辱悬梁自尽。

和家修的书中也讲述了表弟与情人的故事，两人是在房子里结束生命的。和家修先生想将他们选择死在家里的原因搞清楚，但始终不得其解。

在接触更多的历史文献后，我又有了新发现，“殉情”者对于“殉情”地点的选择多离不开如下特点：风景优美、云遮雾罩、草木茂盛、幽远僻静。

洛克和顾彼得也认同此说法。洛克写道：“他们往往选择雪山的一个险峻难达或非常寂静的地方。雪山上的草场被高高的石灰石巉岩和云杉树簇拥着，从这里可以看到远近美丽的景色。”顾彼得写道：“如果不能在家里进行，像男女私奔，那么选择大山里一个难以到达的地方，一个僻静而美丽的地点，是最普遍的。”

回想起来，自己曾经游历的著名景点，诸如玉龙雪山、虎跳峡、拉市海……竟然都是纳西族“殉情”青年了结宝贵生命之所，这令我唏嘘感叹之余，又不寒而栗！

玉龙雪山

玉龙雪山，诗人墨客赞美过它的不知凡几。

13座雪峰自南向北排列，犹如13位仙女遗世独立，其中主峰

玉龙雪山

扇子陡高达5596米，终年积雪，至今未被登顶，是世界上为数极少的处女峰，她犹如最年长、最貌美的那位仙女，头戴桂冠，傲视群芳。

玉龙雪山这座发轫于北半球最南端的现代冰川，纵长35公里，横宽12公里，有如山舞银蛇，蔚为壮观。无论身处丽江哪个角落，都能看到她的倩影。

我们第一次造访丽江，是在深夜入的城，根本不辨东西。第二天拂晓，等我们走出宾馆房间，举目四望，发觉远方耸立着一座巍巍雪山，晨曦下闪耀着微微光芒。来到玉龙雪山脚下，犹如来到雪域秘境，一种神秘而陌生的感觉油然而生。因为有采访任务在身，无暇细赏，我们便匆匆投入紧张忙碌的工作之中。

临近春节，趁着采访的间隙，我们驱车前往玉龙雪山。云贵高原的广袤壮阔、原始粗犷，沿途一览无余。乘坐观光高空索道抵达云杉坪——一处被古老的云杉、冷杉林木环绕的大草甸。

风景秀美的云杉坪，是纳西传说中的“玉龙第三国”，即爱情的伊甸园，备受当地人尊崇。但有谁会将其与古老的“殉情”习俗联系在一起？它竟是过去情人们一心赴死前的心生向往之地！

阳光此刻倾洒下来，绿草连天的大草甸和森森千年的云杉林仿佛镀上了一层金光，大草甸被林木覆盖的一面，依次呈现浓淡不一的色泽，与皑皑雪峰互为映衬，煞是动人。一群身穿民族服饰的纳西少女在草甸一侧不时地载歌载舞，歌声悠悠传来，仿若天籁。此时此刻，我们眼前呈现的是堆银砌玉、铺青叠翠、鸟语花香、游人欢快的美丽景色。

青春与毁灭、天堂与死亡，两个截然对立、非黑即白的意象，竟然如此真实又梦幻般统一于玉龙雪山！

听知情人说，当年一些“殉情”的情人们喜欢高山上陡峭险峻、几无人迹的地方。在纳西语中，这样的地方叫作“郭”，即

“殉情之都”

草深林密之地。在过去，云杉坪曾是人迹罕至、寂静凄美之所，也被视为爱情胜地，称作“达饶郭”，意即“地神下降之地”。

除了云杉坪，两条发源于玉龙雪山“吉盘吉纳”（即白水与黑水）的峡谷深处，也是“殉情”情人们的最终归所。顾名思义，白水之名缘起于一条河床尽是白色鹅卵石铺成的白色溪流；黑水之名则缘起于另一条河床铺满黑色鹅卵石、河水呈苍青色的溪流。在当地传统信仰中，白水与黑水是护送故人回归祖先之地的通道。

犹记得当年一路驱车前往玉龙雪山，途经山势起伏之处，忽见雪水自雪峰直泻而下，蜿蜒而去，河两岸那些云杉、铁杉、红豆杉、冷杉组成的林带莽莽苍苍，一簇簇、一蓬蓬的杜鹃花争奇斗艳，漫山绽放，我们不禁为大自然的造化惊叹不已。谁又曾想到，正是在这圣山灵水之地，不少纳西儿女为了爱情与自由，奋起抗争，最后长眠于玉龙雪山的白水黑水之畔。

据云南民俗学者杨福泉的田野调查考证，除了玉龙雪山，丽江的一些山野河谷也受到“殉情”者的青睐，人们将之称为“游舞丹”，是能俯视群山、河流、坝子和能见到玉龙雪山的崇山峻岭。

虎跳峡

虎跳峡在金沙江上游，分上虎跳、中虎跳、下虎跳峡三段，迂回25公里，丽江与香格里拉即以此为界。虎跳峡东为玉龙雪山，西为哈巴雪山，两大雪山夹持成一个大峡谷，海拔垂直高差3790米，共有险滩18处，江流最窄处仅30余米，是世界上最深的峡谷之一，并居于中国最美十大峡谷之列。虎跳峡得名于江心的虎跳石——一块兀自矗立于江心、长宽约数米、高达13米的黑黝黝巨石。相传具有神力的猛虎下山，凭借江中礁石腾空飞越金沙江。

作者在虎跳峡（董宝青 摄）

当年我们驱车前往香格里拉（即中甸），途经虎跳峡，那时正在修路，我们只得徒步经过一段崎岖不平的山路，金沙江雷霆万钧、滔滔不绝之声从山的那边传来，犹如夏日闷雷在天边隆隆滚动，山鸣谷应，震耳欲聋，撼人心魄。

当我们爬上虎跳峡，向前后方张望，敬畏之心油然而生：前方，数百米宽的江面陡然缩窄成区区几十米，出其不意地勒紧了金沙江平缓有序的流速，迫使这条大江露出翻江倒海、桀骜不驯的本来面目，你推我搡、汹涌澎湃地排闼而来，似乎要将虎跳石撕裂，击碎！后方，后浪推着前浪，呼啸而至，跃过巨石，一泻千里，正是“无边落木萧萧下，不尽长江滚滚来”！再看虎跳石，这块三角形、尖顶朝上的巨石，任凭风吹浪打，自是岿然不动！

虎跳峡地势险要，也是一些寻死的情人们的最佳选择。在这里，自然伟力何其大，区区个人何其小，人世间过往之种种难堪情事，在纵身一跃间即告灰飞烟灭，随波流逝。

金沙江一带流传着许多动人传说，在这些传说中，也有不少悲怆往事，“她”大多是勇敢、聪明、善良的纳西姑娘。其中一个说的是姑娘阿莎咪与情人“不能终成眷属”，连遭世俗波折之后，一阵狂风将姑娘与所骑的骡子吹往江对岸的达勒山的高岩绝壁上，她被紧紧地贴在上面，永久凝望江面，不时哀泣。

虎跳峡不仅令中外游人啧啧称奇，更是令当地人谈“虎”色变的“魔峡”，相传还是“风之女神”的家乡，峡谷两岸的绝壁留下的人形印迹，形状如同人骑着马的抽象岩画，被当地人认为是风刮岩石造成的岩上的精灵。一些情人们来到这里，细细品味大峡谷的江水、风涛、大石，最后连自己也成了悲怆故事的主角。

杨福泉在《人文地理杂志》发表的文章中，提到一个奇特现象：在过去这条大江（金沙江）的西面，即纳西族的西部方言

作者路遇一对外国夫妇（董宝青 摄）

区，上演过许许多多的殉情悲剧，青春生命消失在历史的风尘中；而在东面群山中的泸沽湖畔，即纳西族的东部方言区，则是著名的“纳日”（即摩梭）人，数百年间，一直保留着“暮合晨离”“男不娶、女不嫁”的自由结合的“阿夏”婚和母系大家庭的社会组织形式。人世间两种至为极端的悲喜剧，却在大江两岸同属摩梭后裔的兄弟姐妹中轮番上演着。

何以大江西面多出“殉情”悲剧，而同族的摩梭人却多为自由恋爱的喜剧？事出有因。如前所述，自清代始丽江推行“改土归流”“以夏变夷”等政策，突如其来的强制性社会制度和文化激变让大江西岸的纳西人无所适从。当地人有着情感至上、爱情至上的信念，承袭刚直强悍、不惧生死的秉性，奉行“宁为玉碎不为瓦全”的人生哲学，难以容忍爱情、理想与自由受到社会制度严重束缚，故而不惜以命相搏，抗击包办婚姻；摩梭人的自由恋爱风俗之存世则是因为天高皇帝远，当地民情复杂，成为被遗忘的角落而得以幸免。

回想当年离开虎跳峡时，曾经路遇一对来自美国的中年夫妇，他们正手挽手走在碎石满布、尘土飞扬的土路上，我与他们一路搭讪聊天。时至今日，有关聊天的内容已忘得一干二净，倒是对他们夫妇之间不经意生发的一些细微的身体语言留有印象，比如遇到车辆往来，丈夫会主动将妻子拉在一边，遇到难行之路彼此扶持一把，这些细节无不透露出这对夫妻的体贴恩爱。恐怕他们很难理解，纳西儿女何以自由恋爱却不能自由嫁娶；也难以想象，“殉情”习俗反映了怎样一种扭曲人性和颠倒伦理的社会情态。

拉市乡

拉市乡距离丽江古城8公里，可谓一步之遥。这里群山环绕，湖光相映，水鸟成群，堪称高原水乡、古城“后花园”。境内的拉市海是一方远近闻名的高原湖泊，“丽江十二景”之一“碧海

拉市海 （倪黎祥 摄）

腾龙”所在地。日出时分，人们可以看到日头冉冉升起、候鸟起飞觅食的景色；夕阳西下，又可以观赏暮色染红一池清辉、野禽在湖中欢快戏水的景象。风静时，一湾湖水纹丝不动，仿若明镜；风起处，一片波光粼粼，如梦似幻……

拉市海流传着一则民间传说：古代一对年轻恩爱的夫妻，妻子名叫拉市，美丽而善良，丈夫叫阿鲁，勤劳而勇敢，他们育有一个可爱的女儿叫珠命。一天，阿鲁上山打猎，早已对拉市的美貌垂涎三尺的土财主，带着仆人恶狠狠前来要人，拉市宁死不屈，喊着阿鲁的名字跳海，阿鲁闻讯后也含恨而死，化为一股清泉流入海中与拉市会合。女儿珠命随着山泉进入大海寻找妈妈，原来拉市已经变成溶水洞的无价珠子树。拉市又把树上的珠子变成虾子和饵鱼，让穷人用来捕捞鱼类，最后狠毒的土财主受到了惩罚。人们为了纪念拉市，便把这片海称作拉市海。

拉市当地有一句民谚“拉市吉厄根”，意思是拉市人性格特别犟，一旦认定某事九头牛也拉不回来。当自由恋爱与包办婚姻相冲突，一些当地人不惜以死抗争。现实生活中，拉市乡曾是丽江许多为情所困的青年男女“情死”的归宿。

从丽江古城西行，翻过哨丫口，抵达拉市乡，再翻过一道古关隘，便是湛蓝辽阔的拉市海，我不禁被眼前这方美丽的风物所吸引：天空是那样的澄明如镜，一尘不染；湖水是那样的清澈如洗，似翠如玉；远处的山峦雪峰是如此的巍峨壮观，地上和湖中的植物是那样的丰富多样，树上和水中的鸟群是那样的悠然自得……

两次造访拉市海，去的地点却略有不同——曾荡舟湖上，欣赏湖光山色，也曾策马游走，阅尽一路风景。但那时的我沉浸于世俗欢娱之中，不曾想到，对于选择来此地了却生命的“殉情”者来说，本是怡人的风物反倒最令人心碎——那些晨起暮落绝美时分，或许正是断肠人生命中最为凄美的诀别时刻吧。

树、音乐、风等风物

在丽江，爱情还与树、音乐、风等有关。

在过去，情人们可能会将生命交付于山中或溪流边的一棵大树，这种树被称作“游孜”（即情死树），人们相信通过它能抵达“雾路游翠郭”（即爱之乐土）。

拉市乡补市有一棵情死树，相传这棵树会说话，会流泪。在香格里拉三坝乡当地也流传着一个有关情死树的故事。有人拿斧头去砍那棵树，里面竟然流出血来。不同版本的情死树故事，情节大多怪异，如砍树而树出血、砍树人变疯等，告诫众人不能轻

情死树（和家修 供图）

易冒犯。

情死树的故事反映了生命与树（自然）的关系，是“万物有灵”朴素认知的一种投射。《东巴经》说，一棵树上的树叶代表人的生命，绿叶与黄叶分别代表年轻人与年长者。一片黄叶凋零，象征一个人的死去；一片新叶长出，象征一个人的新生。那些关于情死树的传说，与这种生命寄托于树的传统观念的影响不无关系。

有心的读者会发现，影视作品常需要借助外物来表现死亡。在特定场景下，歌唱、弹口弦和山风回响等意象频繁出现，似乎是生命与死亡沟通的有效介质。

就像洛克说的：“……在他们选定的地方共同度过最后的时光，他们在一起弹口弦，等待那最后时刻的到来。等到带来的食品用尽，他们就在附近的树上自尽……”

洛克还写道：“一个女子住在高山上用牦牛毛织的毡房里，有一天，她孤独地在那儿纺着牦牛毛线。忽然，她听到精灵们用灵巧的手所弹奏的口弦声和美妙的歌声。她的身心一下子被深深的忧伤和孤独的情绪攫住了……”还有一个青年猎人的故事：“有一天，他在狩猎时听到撩拨人心的求爱口弦声和微弱的唱歌声。猎人一下子在树林里感到无可名状的忧郁和孤独……”

在当地人的观念中，风也是一种沟通自然的媒介。玉龙雪山云杉坪长年大风不断；虎跳峡的风更是奇猛无比，特别是在夜里，山风呼啸刮过长长的峡谷，应和着大江如雷的涛声，闻之使人震栗；拉市乡因其平坦开阔的地势，大风长驱直进，通行无阻。

“风”在古代神话中是法术的一种介质，其因为有声无形、流动无常的性质，常被赋予神秘感。常年生活在山野林莽，又受到传统观念影响的人，容易对山风生发神秘感和敬畏心，口口相传的古老信俗也印证了这一点。

到底是迷信还是神奇，见仁见智吧，读者诸君自有明鉴。

第十章　茶马古道

茶马古道，旅人心中一个诗意的存在。茶叶、骡马、古道；苍山、涧水、跋涉……这些充满了画面感的关键词，让世人产生美好的想象。

茶马古道的前世

茶马古道起源于古代西南边疆的茶马互市。《封氏闻见记》等历史资料显示，早在唐代，民间就把茶叶和喝茶的生活方式传到中原以北和以西的消费区。但茶马古道究竟起源于何时，历史学家对此仍有颇多争议，基于茶马贸易缘起于不同地区和民间这一特定的历史背景，有专家据此断言实际上根本难以厘清其时间节点。

茶马古道分川藏、滇藏和青藏三条线路。其中，滇藏茶马古

茶马古道

道兴于唐宋，大约形成于6世纪后期，以公元680年吐蕃南征并在丽江设立“神川都督府”为标志性事件。唐玄宗禁茶入藏，促成滇茶进藏；宋朝廷出于军事需要，刺激了茶马互市的繁荣；茶马古道后盛于明清。元明以降直至近代，茶马古道都是中国与东南亚、南亚地区一条重要贸易通道，是滇、藏、川之间经济文化交流的纽带，二战中后期则最为兴盛。

滇藏茶马古道在云南境内，南起茶叶主产区西双版纳、普洱、临沧，经今天的大理、丽江、迪庆（香格里拉）进入西藏，直达拉萨。从西藏出境的路线延伸至不丹、尼泊尔、印度境内，直抵西亚、西非红海海岸。但也有人认为即便是在云南境内，茶马古道的具体线路实际上也是很难界定的，它不是单一线性的，而是呈网状分布的格局。

千百年来，马帮作为古代西南地区主要的交通运输方式，在茶马古道留下了多少足迹和传奇！随着 1999 年高黎贡山通往独龙江的公路全线开通，地处西南的马帮轰然解散。如今，在云南的哈巴雪山、玉龙雪山等高海拔地带出现的“私家马帮”，依旧秉承老马帮的优良传统，给大山里的村民和登山者、探险人士运送物资，继续其艰辛的使命。

虽然茶马古道自古有之，但茶马古道这一概念的提出，却迟至 20 世纪 90 年代初。当年云南六位青年学者经过实地探访后，撰文首创“茶马古道”这一新名词，随后为政府、学界和社会所广泛接纳。

茶马古道博物馆

丽江在茶马古道中曾经盛极一时。

当今游人到访丽江，可能会对寻找茶马古道极有兴趣，殊不知茶马古道就在脚下。丽江处处印有茶马古道的浓重痕迹：大研古城被马蹄踏出深深印痕的石板路、拴马的石柱、鳞次栉比的商肆店

作者在拉市海策马（陈韬 摄）

铺……果真是“不识庐山真面目，只缘身在此山中”。

清乾隆《丽江府志略》记载：“府城市：在府城西关外大研里，湫隘嚣尘，环市列肆，日中为市，名曰坐街，午聚酉散，无日不集，四乡男妇偕来。商贾之贩中甸者必止于此，以便雇脚转运。丽女不习纺织，布帛皆资外境。合市所陈，稻粱布帛居其半，余则食物薪蔬，无他淫巧也。日用常物，间世亦稀，唯芥糕麦酒，入市者必醉饱乃归。”

清雍正元年（1723），丽江改土归流，滇藏之间的茶叶贸易兴盛，乾隆年间，由丽江行销中甸、维西一带的筒茶，每年不下九万六千筒，而行贾藏地的丽江商人“皆获厚利”，并“借以起家”，丽江的社会经济水平随之有了显著提高，已经成为一个区域性的交易中心。

到了抗日战争时期，由于中国沿海港口和内地城市相继沦陷，故而开辟滇缅公路和“驼峰航线”，使一向偏远闭塞的丽江一夕崛起，如同神话般变成战争物资转运站，纳西族、白族和藏族先民开辟的古老茶马古道变成当时中国通往外国的为数不多的重要通道之一。顾彼得的笔下记述了这场使丽江突然繁荣起来的马帮贸易：“当所有中国沿海地区落入日本人之手，而缅甸正在迅速陷落时，中国与外部世界的商贸往来，就只有两个‘入口’了，即云南的丽江和西康（今属四川）的打箭炉[①]，另一端是印度的卡里姆邦，货物从加尔各答和孟买用火车运到那里。拉萨是货物集散地……成千上万的各种小商品开始流成一条不断的河，用火车和汽车运到卡里姆邦，迅速重新包装分发，用马帮运到拉萨。”“印度与中国之间这场迅猛发展的马帮运输是多么广阔而史无前例，但是认识它的重要性的人极少。那是独一无二非常壮

① 打箭炉是个古地名，即今四川甘孜藏族自治州的政治经济中心康定市。

观的景象。对它还缺少完整的描述，但是它将作为人类的一个伟大冒险而永远铭记在我的心中。”

有一年我与友人到丽江度假，曾入住位于束河古村巷子深处的一家民宿，在巷子的入口处，见到一座宅院门口挂着“茶马古道博物馆”的牌子，博物馆的建筑原是400多年前木氏土司“束河院”的组成部分，其中的“大觉宫壁画”为江南著名画家马萧仙作品，一直保存至今，笔法洗练，技术精湛，保留了唐代画风。

茶马古道博物馆是中国第一家专门研究并展示茶马古道历史文化的博物馆，2013年被列为第七批全国文物保护单位。占地不大，但实物和内容还是丰富的，是人们了解茶马古道历史文化的重要窗口。博物馆由序厅、史事一厅、史事二厅、束河厅、皮匠厅、茶马风情厅、茶艺厅、影像资料中心等八个部分组成，比较系统地介绍了茶马古道的起始时间、线路及重大历史事件。

拉市乡体验马帮生活

纳西人自古就有崇马的传统。马的形象在纳西人的传统宗教和生活中无处不在，木氏的战神“三朵”是个骑马的将军，原来的“三朵庙”有一群泥塑马俑，东巴经有专门赞颂“马的来历”的篇章，纳西族祭天时有骑马射箭的仪式，历代史书有骑马打仗

玉龙山上放养的滇马群（陈韬 摄）

的内容……

元人王沂初抵丽江，映入眼帘的是“酋豪富畜牧，散野若蜂蚁”。王沂笔下的纳西人，一边牧马，一边饮酒，酒酣而舞起，恣意张狂，意气飞扬，可惜今人再难见到那种豪气干云的景象了。但时至今日，每年七月纳西地区举办的大型骡马交流会还保留了宋代“茶马互市”遗风。

云南盛产“滇马”，个头虽矮小，但体健耐劳，善负重，能远行，适宜在崎岖山道长途驮运。“滇马”是茶马古道上不可或缺的主角之一，它们穿行于滇、川、藏之间的高山峡谷之中，为茶马古道的互市与繁荣、汉藏经济文化的互动和交流充当使者，立下汗马功劳。

拉市乡曾经是茶马古道的重要驿站。第一次造访拉市乡是在丽江市委宣传部同志的陪同下，从丽江驱车前往。穿过一片片林海和纳西族村庄，便来到了拉市海边一处极为开阔、风景优美的马场。这里的马匹高大膘壮，威风凛凛，一看便知绝不是云南本土产的“滇马”，而是从外地引进的马匹，专门用作骑乘或赛马，与茶马古道的马帮生活毫不沾边。

又是盛夏时节，我与家人参加了一个旅游团，再度造访拉市乡，体验了当地的一项特色旅游项目。中午用膳后走出饭庄，见到一拨当地人牵着各式马匹早早恭候门外，游客将在这些向导的引领下，一尝在茶马古道上骑行的滋味。一眼望去，这些马儿格外的矮小精壮，正是闻名遐迩的“滇马”。

等到在场的马儿各有所属，这伙临时搭建的“马帮”终于启程，开始向茶马古道进发。沿途可见一个个纳西村庄，背着竹筐行走的妇人和孩童，硕果累累的果园和开得正艳的野花，还有远处高低起伏的山峰。耳际不断传来雀鸣犬叫声，鼻子不时嗅到各种草涩花香，以及混合着淡淡炊烟的柴禾味道，眼前一片片美丽的田园风光让人精神亢奋，沉醉其中。

山路开始崎岖不平，马夫说此时走的正是当年的茶马古道。游客一边应对着颠簸起伏，一边想象着当年马帮生活的种种艰辛。

马背上讨生活

遥想当年，高山峡谷，急流险滩、冰坂雪原、四季交替……负重而行的马帮不仅要克服云南地理交通上的屏障，还要历经过溜索、涉渡口的考验，要“摆平”在此出没的土匪强盗、蛮横的族人夷众的各种滋扰甚至拦路抢劫……

云南作家何真的《东方牛仔及失落的古驿道》一书中称，腾冲最著名的“茂恒”商行老板李和仁在20世纪40年代想开辟滇藏线，就是在丽江商帮王胜三的帮助下，带着十驮火腿、十驮红糖、十驮茶叶的礼品，才从藏族税官手中拿到进藏经商的“签证”。一般商人进藏之难可见一斑。

旅人在“茶马古道”上讨生活，“滇马”就是其生命线。如果缺少“滇马”，逾越旅途中的种种障碍根本无法想象。连顾彼得当年也由衷感叹：“它（指马匹）非常令人信服地向世界表明，即使所有现代的交通运输手段被某种原子灾难毁灭，这可怜的马，人类的老朋友，随时准备好在分散的人民和国家间又形成新的纽带。”

湖边骏马 （倪黎祥 摄）

但赶马人才是茶马古道的灵魂人物，有人将之比喻为中国的“纳西牛仔”。

七十三岁高龄的布根作为健在的茶马古道的历史见证人之一，曾接受媒体采访，讲述他记忆中的茶马古道。他是一个生活在察瓦龙乡的老人。自十九岁起，他就跟随当时的几个藏族富商往返于茶马古道，过着传统意义上的马帮生活长达七年之久。

察瓦龙乡与云南德钦相邻，是茶马古道滇藏之间的重镇。从这里起步，他先后多次去过丽江、拉萨、昌都，甚至远及印度，对茶马古道的马帮生活有着十分丰富而深刻的体验。据他描述，一个赶马人一路上最辛苦的事莫过于骡马丢失。如果骡马丢失，马帮就不能再往前走，有时要返回一两天前的路去寻找丢失的骡马。除此之外，马帮过河也是一件很辛苦的事。路途中有的河上没有架桥，过河时赶马人要赶着骡马过河，不谙水性的赶马人就有被水冲走的危险。

天长日久，马帮生活逐渐形成了云南独特的“马帮文化”。当年的马帮不仅限于运输茶叶，也作盐巴、铜（银）器皿、布匹等生活必需品的交易。有的马帮是像洛克这样的探险者和文化交流者，但旅游探险者和文化交流者毕竟只是少数，一般来说还是以前者居多。

当年前往丽江从事“国际工业合作社”工作的俄国人顾彼得

正是跟随马帮到达丽江的。在《被遗忘的王国》一书中他详细记述了经滇缅公路从昆明到大理下关、从下关到丽江的经历。他走的正是当代所称的“茶马古道”：“……在狭窄曲折的山路上，马帮锣是必不可少的。它能提醒背着笨重篮子走过来的农民，以防与马帮相撞。因为以马帮行进的速度而论，如果没有警告，两队马帮撞在一起，那将是一场大灾难。碰撞比两列火车相撞还严重。骄傲而嫉妒的头骡寸步不让，各自只顾往前闯，可能会把对方推进路边很深的灌溉渠里去，或把对方撞到隘路旁的山石上。其他的马也绝不会停下来。混战中牲口会互相冲撞，嘶叫着，拥挤着，甩开驮子，摔下骑马的人。等到它们被赶马人咒骂着拉开时，其情景就像一片战场。大包大包的东西散落在各处：像瓷器之类易碎的货物已被砸得粉碎；摔得头昏眼花的旅客跛行到空旷处检查他们受的伤。对于一般步行旅客来说，当他们听到这不祥的锣声时，唯一的反应就是飞快跳到路边空旷处的安全地带，以免被猛地摔下沟折断了腿脚。”

牲口之间的争斗在茶马古道并不是最可怕的，赶马人之间的狭路相逢和互不相让才让当事者心惊肉跳。布根在回忆中也谈到，一路上赶马人还经常遇到与其他马帮狭路相逢或遇上劫匪的情况，为了商人的财物以及马匹而发生打斗，有时一些赶马人会受重伤甚至死亡。

洛克当年盘桓丽江长达 27 年之久，所有活动几乎都是靠马帮来完成的。1924 年洛克从丽江到四川木里，在即将到达木里时，就曾与一队 20 人的马队不期而遇，一个喇嘛拦住他们，粗暴喝问他们，并挥手叫他们往路边靠，好让自己的马队先过去。好在洛克的马队里也有汉子，挺身而出，洛克也不甘示弱，加入这场“礼尚往来”的冲突中，对那个喇嘛训斥了一番，让对方知难而退。

在永宁活佛罗桑益世的传记中，讲述了一个活佛进藏时，摩梭人马锅头（指马帮头目）阿偏初为活佛出头的故事，这故事就发生在德钦境内的澜沧江边：“当我们到桥边时，从江边走来四个人，他们腰插藏刀，肩挎手枪，还背着两支大枪，与我们仅隔十多米。他们粗声问：“你们是哪里人？到哪里去？”我们三个装着听不见不作回答。几秒钟后，其中一人恶狠狠地向我“呸”地吐了一口唾沫，然后说：“你们不说也知道，你们是永宁马帮，为什么连说话的胆子都没有？”阿偏初并非头次进藏的马锅头，他是早已在永宁、乡城、木里、芒康一带出名的永宁总管的马锅头，是个天不怕、地不怕的摩梭人。他独自一人走到四人跟前，拔出十响枪，指着那个叫骂人的鼻子，以牙还牙地高声骂道："你们几个是什么人？敢在老子头上耍威风，我是你爷爷。走，找你们的主子去讲理！"正当双方一触即发之际，从对方帐篷走出一个丽江纳西商人，从中调解，才让这场即将爆发的冲突得以平息。

当然，马帮生活也不尽是苦难和艰辛，也有不为人知的满足和乐趣。

美国著名作家埃德加·斯诺曾跟随洛克及马帮走过一段路程。他在《红星照耀中国》中写道："这种生活确有一种乐趣，现在我才理解了洛克对这种生活的热爱。率领着自己的马帮，享受着一种特殊的激动人心的责任感，因为你对你的手下人和你自己的生命要负责任。日出之前一个小时出发，在朦胧的朝雾中骑马前进，徒步爬山，爬得你筋疲力尽，在日落时分到达一个从未见过的河谷，不知道晚上在什么样的房间里铺床睡觉。这些都是最简单最原始的需要，但满足这些需要后所得到的兴奋和激动，是那些常年居住在城市里，只和大马路打交道的人永远感受不到的。"

是的，自由、流浪、原始、野性……云南马帮身上折射的这些精神特质，与美国的"西部牛仔"不无契合之处。但深究一层却又不尽然，美国"西部牛仔"狂放不羁、不受约束的精神内核，在云南马帮文化中是难以寻觅的，忍辱负重，顽强挣扎，才是云南马帮精神的真正底色，说到底他们只是为了讨生活，才游走在命运的刀锋之上。

透过著名导演田壮壮拍摄的纪录片《茶马古道：德拉姆》，人们深深记住的是：同时用六种语言交流的 15 口之家、曾坐 15 年牢的 84 岁年迈牧师、跑了老婆的村长、想看看外面世界的藏族女教师……最让人唏嘘的是，一个老大娘当年曾被途经此处的国民党军官看上，想纳她为妾，却被她一口回绝了，后来她嫁了人又守寡，终老山中。

如果当年她答应了那位国民党军官，命运又将如何改写？

可是，谁能未卜先知呢？人之渺小卑微，命运之不可捉弄，谁又能逃得过？

这就是生活。

第二辑

丽江札记廿七章

正是蝉鸣荔熟时节，供职于广州某报社的部门主任马修刚回到单位，便收到了一个快递件，拆开一看，发现是原同事楼天从云南丽江寄来的，内里有一大沓用A4纸打印并装订好的书稿，内容是楼天在丽江生活期间写下的27篇札记，记录了她在丽江创业和行走的心路历程。

快递中夹有一张纸条，上面写着几段话：

老主任，您好！见字如晤。当您收到我这封信时，我或许已在飞赴加拿大的旅途中。

现在大家都习惯用微信沟通，但我还是喜欢用文字记录自己的所思所感所想。在大学里学的是经济学，但心底始终怀有一个文学梦，当年好歹也算是个文艺女青年吧。还好，毕业时在报社工作了好几个年头，当过记者，做过编辑，也满足了一把潜藏内心的文字欲，那时更有幸得到老主任的悉心指点，受益匪浅，铭记于心。

这27篇札记是我离开报社后的文字习作。一直有个梦想想要实现，就是把我在丽江这片热土上曾经有过的珍贵记忆记录下来，以此告诉世人，在这个地球上，还有这么一片神奇而美丽的土地，值得到访和铭记。

囿于见识浅，不成熟，贻笑大方了，但聊以自慰的是这里面的东西绝不虚饰，也不矫情，记录的都是自己的真情实感。如今不揣冒昧寄给老主任先睹为快，也祈盼得到老主任斧正。或许有朝一日，水到渠成，将其付梓以飨读者也未可知。

握手！

楼天

写于2016年初夏丽江

几天后，老主任给楼天留下的手机号码发送了一条短信：

小楼，大作展阅。犹记得，丽江玉峰寺里种有一棵号称“九蕊十八瓣”的百岁山茶花，在我看来，这27篇札记，犹如那棵山茶花的九个花蕊，蕊蕊有情；十八片花瓣，瓣瓣生香。

老主任马修

2016年初夏广州

第一章　又见丽江

穿越现代与传统两个世界，到底需要多长的路程?

在飞机上小眯了一会儿，一觉醒来，就抵达了一个与广州迥然不同的世界。我低头看了看表，才刚过去两个多小时。

丽江，已经来过许多次。这次前来丽江，就打算长住不走了，动身之前已经向原工作单位辞了职，未来将在丽江以经营客栈为生。

现在坊间流传有“新四大俗”的说法：城里开咖啡馆、辞职去西藏、丽江开客栈、骑行318……很不幸，自己也躺着中枪了！呵呵！可我根本不在乎，卿本俗人，又何惧再多一个俗称呢？况且，“子非鱼，焉知鱼之乐”？

更早时候我家老夏打前站，特地来过丽江好几趟，考察大研古城和束河古镇及其周边的经营环境，最终在束河古镇物色到了一处理想物业。只是当时我人在广州，因有公务缠身无法一同前来，便采取近似“隔山买牛”的土办法——由老夏先将候选的物业拍下照片，作出简单的文字描述，然后通过手机短信一一发送给我作远程甄选，最终我俩共同拍板，盘下其中一处心仪的物业。

老夏因忙于公司的业务早已打道回府。我这次独自前来，主要是要办理物业转手的相关手续，并筹备客栈开业的相关事宜。

甫一抵达，就发觉大研古城变了，变得更加喧闹嘈杂，到处人山人海、商肆林立。这才发现，现代与传统两个世界的边界已然模糊，或者说，传统世界早已经被现代世界颠覆了。

在丽江，古城内外两重天。小桥、流水、人家的传统意象与车水马龙、熙来攘往的现代景观构成强烈的反差效果：鲜衣怒马、一惊一乍的游客混迹于衣着朴素、表情淡然的本地人之中，往来穿梭于古旧的街道与屋宅之间；古城里居住的大多不是原住民，房子被外地人租下做起游客生意；店铺兜售的大多也不是本地货，翡翠玉器、扎染、鲜花饼等外来货品充斥其间；来自三山五岳、操着南腔北调的老板或店小二，与游客不是在讨价还价，就是在随意闲聊；那条开满酒吧的街道，入夜后的灯火倒映在潺潺溪水之中，一片灯红酒绿，光怪陆离；从酒吧传出的摇滚音乐震耳欲聋；穿着民族服

古城歌舞（倪黎祥 摄）

装的服务生正忙于拉客，隔着渠水高声对唱相和，歌声却十分刺耳……整个古城像极了一个喧闹无比、沸反盈天的大集市，浸染着浓烈而呛人的商业色彩。

似乎是条件反射般，我径直向街巷深处走去，凭直觉我知道那里有自己渴望的安静之所。

从古城入口向左拐，穿过前面的店铺，远离商业闹市，便走到依山势而筑的民居，这里还住着许多本地人，有的民居已被辟作仓库，游人却是少见。随后我穿过整个古城的繁华中心区，来到东边地势较高的地带，在这里漫无目的流连着。这里其实是政府机关所在地，地面铺设着凹凸不平的麻石，有些民居闭门深锁。只有在这些地方，才尚存一丝古镇该有的安宁和沉寂。

不过我明白，身为客栈老板与身为游客的心态自是不同，内心的情感需求与现实的功利目的总会发生牴牾。若是作为游客到这里来，我恐怕只会嫌弃它过于喧闹，要是光图热闹，在广州像这样的地方多了去了，又何苦跨越万水千山，远道而来？但作为老板的心态可就不一样了，密集客流或可带来无尽财富，谁又能逃得过“天下熙熙，皆为利来；天下攘攘，皆为利往”的诱惑？

2009 年 5 月 2 日

第二章　束河惊艳

约好了卖家，第二天去束河古镇看物业。

到了现场，我对这处物业颇为满意，对其经营前景也颇有信心，不禁自得于自己精准的商业眼光。此事容后再表。

一切收拾停当后，我挑了一间酒吧，坐下来，要了一杯咖啡，细细打量着眼前的一切：

一朵朵白云悠悠浮游在万里晴空，犹如一个个身穿白色纱裙的仙女。灼人的阳光如同千万只精灵，穿越时空投射到人间，它们在石板路上面、石桥上面，还有的在用石头和泥土垒起的房子上面，欢快地跳跃着。夹杂在民舍客栈之间的四方街广场，一串串玉米棒和红辣椒凌空垂挂于一排排木架上，有的直接摊晒在地面上，黄澄澄与红彤彤的颜色交织着，任由阳光如同瀑布般倾泻其上，散发着诱人的甜香味道。绕着民居汩汩流淌的溪水碧澈如洗，绿油油的水草在水底荡漾，像一尾尾摇曳生姿的海带鱼……此情此景让人不由联想到徐志摩《再别康桥》里的名句：“软泥上的青荇，油油的在水底招摇；在康河的柔波里，我甘心做一条水草……”

每次来束河古镇总有新的发现和惊喜。看呐！溪水里竟然还有啤酒！原来是一些酒吧主人将溪流当作天然的冰镇器具，用箱子将啤酒浸在溪水里，饮用时直接从水里捞起来，就是一瓶瓶口感清凉的冰镇啤酒……

穿街过巷，踏桥越水，进入束河深处，发觉在这里依然可见到一垄垄农田、郁郁葱葱的作物，还有农夫和耕牛在劳作的乡野情景。农民将收割的稻草捆在马车上，马儿“得得得”地走在被时光老人细细打磨过的石板路上，像是哼着一首摇篮曲；微微驼背的老两口披着霞光在含饴弄孙，一大一小的土狗在街上溜达——同一时空下，人与动物相映成趣；一对农民夫妇在田里劳作，男人锄地，女人择菜，夫唱妇随，配合默契；两个身穿“披星戴月”服饰的纳西老妇人背着背篓，结伴而行；一个看似外地人的中年汉子在擦洗越野车，趋前搭讪，才知道他是自驾跑来了这里……束河的一切动静是那么的徐疾有致，张弛有度。

相比大研古城，束河古镇似乎更平实，更天然，自有一份悠然自得、宠辱不惊的气质。束河的氛围如同那些古井藻轮，每一道

含饴弄孙

勒口都有百年千年的印痕，触摸它们，仿佛可以触碰到岁月背后的故事。那些更具历史沧桑感的旧宅故居、纵横交错的街巷路桥、曲折蜿蜒的潺潺溪水……构成了一幅美丽动人的田园画卷，让我的心情慢慢舒展开来，我仿佛嗅到了一种遗世独立的味道，那是一种隐匿于心灵深处，在天荒地老中被岁月逐渐遗忘的味道。

在酒吧里发了大半天呆，忽然发觉：束河真是一个适合发呆的好地方。

回过神来，诗兴突至，连忙呼唤服务生拿来纸笔，划拉一番，一首田园诗跃然纸上：

牧笛唱晚

四周大山
围拢成一只摇篮
山坳里的小村庄
是摇篮里
乖乖躺着的孩子

两条弯弯的山路
是妈妈两只温柔的手臂
将孩子

轻轻搂在怀里

一缕炊烟
从村屋袅袅升起
那是爸爸劳作一天后
惬意地朝孩子头上
喷出的一口旱烟

村口的一棵老榕树
枝条飘曳
那是爷爷长长的胡须
在慈祥逗弄
熟睡了的孙子

像孩子的梦一样长的
是村边汩汩淌过的
一道山溪

像山溪一样清的
是打谷场上
一双双数星星的眼眸

自山背后响起
又徐徐飘过山冈
悠悠牧笛
唱颂着一个
山里人的故事

在酒吧里我一直待到夜幕降临，眺望夜空里渐渐显现的粒粒星斗，心里突然冒出一个古怪的念头：今生若能作束河溪流里的一棵水草，多好！

2009年5月5日

第三章　安顿身心

此刻，推开一扇窗，只见窗外的月儿跃上枝头，清风徐徐拂面，潺潺流水，悦耳动听，宛如一首永远没有休止符的小夜曲在鸣奏。

老夏还在客栈里外收拾，孩子早已在床上安然入睡。我独坐窗前，临水而思。

客栈的筹备工作一直在紧张进行，掐指一算，来丽江已经有个把月了，这些日子，我与老夏晨昏颠倒、没日没夜地忙活着（主要还是我在这里张罗，老夏时不时会从武汉飞过来帮忙），虽然累得几乎要趴下，但这一个多月也是平生少有的充实而快乐的时光（印象中除了在武汉大学读书那段光阴，似乎再也找不到这种感觉）。累并快乐着——就是这种感觉！我们在朝着既定目标一步步前行，开始有了一点点的收获，我相信，所有的劳累和付出都是值得的。

在我和老夏准备到丽江创业之前，身边众多亲朋好友多半反对，反复劝说我们要慎重考虑，千万不能凭一时冲动行事，我的父母更是极力劝阻，要我继续留在广州工作生活。我自硕士毕业后，来到广州这座城市，被当地一家著名的主流媒体录取，一份安逸、体面、收入不菲的工作该让多少人羡慕！他们始终弄不明白，我为何要轻易放弃，另作他图。在他们看来，一旦舍弃这一切，也就意味着前功尽弃。最终我还是破釜沉舟，砸掉了铁饭碗，辞职到丽江创业。我始终相信一句话："不被人嘲笑的梦想就没有实现的价值。"尼采也说过："生活就应该像疯子一样，才能忘记生命给予我们的颠簸。"可是，有谁知道我内心的挣扎彷徨呢？与过去的生活告别，又需要多大的勇气？

正所谓"知我者谓我心忧，不知我者谓我何求"，我想这世上除了老夏——我的灵魂伴侣，再无人能真正懂我，甚至起初他也是持反对意见的，只是当我做了最终决定，他就不再阻挠，转而无条件给予我支持和鼓励。

我与老夏是校友，相识于读研期间，三观相近、心性契合，让我们走近彼此，最终我答应他的求婚，步入婚姻的殿堂。老夏早在婚前就承诺，要让我过上想要的生活。

问我是否悔不当初，坦率地说，辞职前自己还是犹豫再三的，现在内心已坚如磐石，反倒是后悔没有早点下定决心。回过头看，这种选择也是自己深思熟虑的结果。生活就像一条河流，从来不会一路笔直向前，迂回或分汊才是必然；又或者说，人生就像一只漂流瓶，自放入大海那一刻起，就注定了其漂泊不定、去向不明的宿命。也许，在急流助推之下，它会在某个港湾暂歇。于我，丽江正是这样一个港湾。

我选择了丽江，也就意味着我选择了分居的生活模式。老夏后来因为公司业务发展需要，回了武汉，我们只能暂时过起了牛郎织女般的生活，至于将来在哪儿安家，则尚未作最后定夺。但为了营造一直向往的理想家园，我与老夏都愿意做出一些牺牲，包括暂时的两地分居。

生活其实是一种态度。把生活作为一个终身职业来对待，经营具有个人风格的生活方式，正是我当下的追求。当年下决心到丽江创业，肇始于我一次赴大理旅游，在下榻酒店看到一本《新周刊》杂志，里面辟有《生活家@丽江》的专题，刊登了一组知名人物的访谈录，这些知名人物是一些被冠以生活家美誉的成功人士，他们的生活态度及人生理念既传统又前卫。通读一遍，咀嚼再三，意犹未尽，到前台结账时遂一并买下。回家后再细细品读，越发心生欢喜。

在“生活家问答录”的对话中，有一个必答题，是关于对丽江的看法，比如“喜欢丽江吗”？一些“生活家”的回答既清新又有趣。例如，今典集团董事长、今日美术馆馆长张宝全说：“丽江是一个我一直想去待一阵的地方。人文的东西很丰富，乏味的时候，在那里可以找到很多的精神资源，看到丽江就好像看到西藏人的眼睛一样，简单质朴，会很向往。”《新周刊》创始人、登山家孙冕选择像丽江这样的地方度假，是因为那里有深厚的人文背景、美好的自然风光，还有各式各样的人。在被问及“你如果有时间选一个地方小住的话，首选的地方是哪里”？他给出的答案仍是丽江。“一方面是那有很多老朋友，一方面又可以结识很多新朋友。因为那就是一个奇怪的地方，无论达官贵人还是平民百姓一到那里就都会把面具摘下来，经常会出现这样的情况，我们一喝酒，一聊开心，就结拜成了兄弟，我在那里有很多结拜兄弟。”著名作家、画家刘墉说：“我很喜欢丽江，打算去住一段时间，而且要为丽江画一幅长卷，画丽江城里的景色和那条溪流。”著名策划人王志纲说：“不是一般的喜欢，我曾是丽江战略发展顾问，策划了丽江房地产项目，总结过‘丽江模式’，提出过把丽江打造成大香格里拉的辐射和聚合中心。”……

这些人都堪称当代生活方式的经营大师，对丽江不吝赞美之词，我决意要追随他们的步伐。

诗酒趁年华。丽江，我来了。

2009 年 6 月 11 日

第四章　前世乡愁

为什么是丽江？

米兰·昆德拉倡导“生活在别处”，这也是我一直崇尚的最佳生活模式。我出生在云南，求学在武汉，工作在广州，这种人生经历充满了多样性和丰富性，折射出一种美学意义上的对比度和明暗感。

记得在珞珈山的梅园里，踩着缤纷落花，与室友珏一边散步，一边探讨“生活在别处”这个充满哲理的人生命题。珏对此却有不同看法：所谓的心安即家，女人最终还是要回归家庭的，有爱人，有孩子，才轮到事业。

心安即家，我认同。但何谓心安？尼采说过：“活得使你渴望再活一次，这样活着是你的责任。”这才是更高境界的心安。我要的是精彩人生，而不是浑浑噩噩地活着。那是一种可以驾驭自我，可以游戏其中，可以怡然自得，并且甘之如饴的快意人生！这种日子并不意味着要锦衣玉食，金玉满堂，而是更侧重精神层面的满足和享受，倘若要求得更高，最好是能触及灵魂层面。

生活的学问太大了，穷其一生都未必能抵达彼岸。我的人生抉择来自自己的深思熟虑，不一定适合其他人，却适合自己。丽江也许不是我的人生终点站，但起码是当下理想的栖居之地，是我考虑切换生活赛道时可以选择停靠的人生驿站。我相信，人世间总有一种生活是为你我预留的，区别只在于是主动选择还是被动接受。

到丽江生活，说到底是一种缘分。虽然丽江不是我的故乡，但我对丽江并不陌生，毕竟自己是云南人，比起武汉和广州，丽江更有一种天然的亲近感。丽江遗世独立、孤芳自赏的气质让我迷恋，让我沉醉。这次我义无反顾投身其中，希望没有选错。

聊以欣慰的是，现在感觉是对的。此刻丽江正值万籁俱寂时分，偶有虫唧蛙鸣，更衬托出这里的清幽寂静。抬头望向深碧如洗的夜空，繁星闪烁，仿佛一伸手就可以将它摘下来，孩提时数星星的情景跃然而现！我是夜猫子，武大求学时自不必言，在广州工作时亦常上夜班。哪怕到了深夜，广州仍然是座不夜城，下班后我常去吃宵夜，那里依然灯光如昼，人声鼎沸，但在这里，我却可以独享宁静。

夜静多思。“说真的，我思念那个并非我的故乡的地方，它上面的草原、荒漠、终年不化的积雪，还有那湛蓝明亮的天空，这一切时常萦绕在我脑际……使我着迷着魔。”说这番话的是一个世纪前一位名叫大卫·妮尔的法国女人，出于对古老东方的强烈好奇，为了寻找传说中的香巴拉王国——一处庄严利乐的国土、一个远离战乱和苦痛的乌托邦、一片充满宽容和快乐的圣地，她开始学习佛法和藏语。她曾在香格里拉腹地竹卡山口的森林里沿着一条河流前行，在那明亮的天地间，发现对岸的地面呈现出一座王府花园的外貌，长长的山谷里，居然藏着一个被雪山环绕的天堂。接下来发生的事情更是不可思议，一觉醒来，村庄在狂风中消失得无影无踪。西方的研究者相信，大卫·妮尔没有撒谎，认为她一刹那坠入了香格里拉的密道，窥探到香巴拉王国的迷人风采！大卫·妮尔最终魂归中国西南，堪称一个获得幸福的人，在迷恋中找到了属于自己生命的日月山川。

我之所以选择到丽江安身立命，就是在听从自己内心的召唤，寻找“前世的乡愁”（三毛语），寻找诗和远方，寻找失落的香巴拉王国！

但我知道，想要一睹香巴拉王国的风采，先要找到通往王国的一条密道。在丽江开客栈，会是打开那条密道的金钥匙吗？我期待未来能找到答案。

2009 年 7 月 5 日

第五章　我的“理想国”

为了赶在暑假到来前试营业，对接当地旅游旺季，这段时间我真是拼了，在家与客栈之间“两点一线”，忙乱得就像我家那只大花猫，为了抓住自己蓬松的大尾巴，急得原地打转！

忙是值得的，当下前来丽江的游客人头涌动，摩肩接踵，正是客栈揽客的大好时节。

实践是最好的老师。对客栈的经营我逐渐摸索出了一点门道。上大学读的虽然是经济学，却是纸上谈兵多，缺乏实战，说穿了就是知识和能力的储备都不够。书本与实际之间其实隔着一道巨大鸿沟，要跨越它，还得靠实践！

当初为在哪里开店，我与老夏曾有过一番争执。老夏原本看上的是大研古城，说那里人文底蕴深厚，游客众多，生意自然好做。这道理谁都懂，但随之而来的却是经营的高成本，从上一手盘下一家客栈，转让费不是小数目，对日后的经营构成巨大压力。

听老主任说起过，当年他采访丽江大地震那会儿，大研古城的老房子转让价也就10多万元，随着丽江知名度日增，老房子越来越抢手，交易价格节节攀升，高的竟然可达上百万元。后来者要面对的甚至不是钱的问题，而是能否转让的法律问题。据说当地政府已经不再允许房子主人做买卖交易了，只能对外租赁。当初缺乏先见之明，没有在丽江置买房产，用于投资或将来养老之需，老主任为此曾有点懊恼。

言归正传。经过一番争论，老夏终被我说服，在束河古镇物色到一间别人有意转让的客栈。拍板在束河开客栈，除了价格方面的考量，更重要的是看中它田园牧歌式的乡村图景，极对小资们的胃口。如今流行一种说法叫“丽江化生存”，我觉得它指向的是像束河古镇这种将现代生活与传统文化结合得比较好的地方，而不是像大研古城那样，已经被商业化浸淫得几乎走了样。

客栈地处傍水的坝子上，居高临下，视野开阔。占地不大，总共有 12 间客房，中间有个小院落，一楼围着院子辟有 5 间客房，院子下沉式连廊，连接厨房、餐厅、公共厕所和员工区。二楼同样有 5 间双人客房，三楼除了一间总统套房，还辟有一个阳光玻

纳西人（倪黎祥 摄）

璃房，专供客人在此休闲消遣。

我以自己心中的“理想国”“乌托邦”的样式精心打造客栈。对于如何打造小院，我自有一套理念，就是要体现一种“家”的感觉。家，首先不必太过奢华，但一定要有独立的厨房和洗衣房，这样才有烟火气；其次，一定要设置一间可以照得进阳光的茶室或咖啡室，客人可以聚在一起品茶喝咖啡，有度假的闲适感；再次，要有一个独立的院落，不被外界打扰，让客人即便不是在自己家里，也能拥有一个相对私密的空间，这样才能真正放下戒备，敞开心房，享受在丽江的慵懒生活。

客栈的硬件本身挺不错，建筑装饰体现了纳西族精湛的雕刻技艺：门楼檐口、雀替、坊中门窗，采用了寓意吉祥、图案精美的木雕板；堂屋有形象生动、样式繁多的脊饰、垂花柱、悬鱼；院门门铺是兽头铺首；厦子前檐建有圆形、瓶形或多面体石刻雕花柱础……出于节省成本考虑，我将客栈的大部分建筑体原状保留下来，并按照自己对当地建筑特色的理解进行微改造，因地制宜“炮制”出一些亮点来。

对于院落，我参考了纳西人家的做法，以鹅卵石拼花铺地，在院子角落移植一株三角梅，让其顺着楼梯攀扶而上，蜿蜒盛放。

餐厅是客栈改造的重点区域，也是改动最大的地方。拆除了原本略显简陋的竹制桌椅，换上了由当地杉木锻造的餐桌柗凳，古朴而富有质感，与客栈原有的基调保持一致。我还将当年做记者赴国外采访时淘到的一些纪念品摆在了显眼位置。

对那间阳光玻璃房的布置更是花足了心思，将其当作闺房一般加以精心打造。这里可以看到束河的全貌，还有日月星辰。顶棚开有一扇天窗，风和日丽时，打开它，清风徐来，沁人心脾；下雨天，关上它，听着雨点噼里啪啦打在上面，仿佛在聆听一首丽江版的“雨打芭蕉”。白天客人可以在这里喝咖啡，看书，看看周边的景致；晚上，可以看影碟，把盏谈天，或者数星星，发发呆。

决定到丽江开客栈之前，曾在一本杂志上看到一篇描写束河美景的文章，深得我心，在这里摘录一段文字与诸君分享：“在束河而居的时光，如良辰舒展，进入一座院落，上有小小的一幢阁楼，有一扇可以看到屋檐斗角、远山春树的宽大玻璃窗，推开窗，于门外流淌不息的清泉中点点浸泡，漫淹时光。‘目眯尘沙，心疲计算，欲有之而有所不暇’，既然红尘眯了目，瘦了心，何不遁入束河？”这段优美的文字正是客栈选址还有阳光玻璃房设计布置的灵感来源。

我坐在阳光玻璃房里写下了这段文字，此刻，阳光正从玻璃棚顶倾泻而下，斑驳的影子映照在身上，令人感到舒适暖和。只要是阳光灿烂的日子，如果没有客人，我就会来到这里，慵懒地卧在躺椅上，让自己像玉米棒一样翻来覆去地晒。

阳光是束河的背景板。只要有阳光，这里必定呈现一派春光明媚的样子。难怪当地许多客栈的名字与春光、阳光有关，什么“几米阳光”“太阳窝窝客栈”“阳光纳里”……不一而足。不过我可不想跟风，替客栈取了一个颇具异域风情的名字——雅努斯之门。

我这辈子有个夙愿：开一家客栈、一间咖啡屋或一间书店。如今，在上苍的成全下，一切都得偿所愿：在束河开了一家客栈，里面辟有咖啡屋和书屋！

人生至此，夫复何求？！

2009年7月20日

第六章 “雅努斯之门”

替客栈取了“雅努斯之门”这么个古怪名字，细说起来，是有缘起的。

在古罗马神话中，司职罗马人门神的神祇是雅努斯（Janus），他负责在清晨开启大门，让阳光朗照，晚上则关闭大门，让夜如澄湖；他掌管着人世间的一切开端和终结，象征着世界上矛盾的万事万物——所以他长着两副面孔：一张环视过往，一张神往未来……

将客栈取名为“雅努斯之门”，也是基于相信：丽江终将向我敞开，一如自己最初的梦想……

据说，那些到访丽江的外国学者或背包客，十有八九会带着俄国人顾彼得写的《被遗忘的王国》一书，按图索骥寻找那些远去的历史足迹。哪怕到了20世纪90年代初期，在大多数国人

清晨的丽江

的认知中，丽江还是寂寂无闻的，前来写生或拍摄的艺术家、学生可能是国内最早涉足丽江的游人。

1996年那场大地震让丽江一夜成名。听老主任说起，当年他们以报社采访先遣队的身份奔赴丽江时，正逢丽江申报世界文化遗产的关键时刻，在多个场合都曾与到丽江实地考察的联合国教科文组织的官员相遇。随着丽江知名度逐渐提升，一些具有小资情怀的游客纷至沓来，但能够驻足停留的还是不多，因为那时丽江各方面的软硬件相比其他地方的景区仍然落后。直至1999年的昆明世界园林博览会举办，丽江才借势而起，名声大噪，成为“中国最令人向往的10个小城市之一”“地球上最值得光顾的100个小城市之一”，是全国唯一一个同时拥有三项世界文化遗产的地级市，是被世界自然保护联盟确定为中国横断山区全球25个生物多样性热点地区之一……一顶顶桂冠光芒耀眼，令世人对丽江刮目相看，更成为文艺青年心目中的朝圣之地，前来旅游度假的人流如潮水般涌来，有人更是无可救药地爱上丽江，长居不离。

在丽江，或许一打开门，一个不经意的瞬间，就会与各种奇人逸事不期而遇。冥冥中，丽江似乎也存在着一位掌管着人世间一切开端和终结的雅努斯，只不过是以中国人供奉的神灵形象示现人世间罢了。

2009年9月6日

第七章　纳西古乐

客栈已经试运行三个月，昨天正式营业！

开业时搞了一个小型Party，中间设有一道环节，邀请了当地的民间演奏员前来助兴，表演了几个纳西古乐节目，多是我从流传至今的曲目中精心挑选的，包括《吉祥》《元始》《一江风》和《到春来》。之所以挑选这几首，除了考虑到这些都是纳西古乐的经典曲目，也与其曲名的寓意好有关系。在广州生活时我就发现，老广们日常生活中凡事都非常讲究好意头。正式营业毕竟是大喜事，喜庆之日总要讨个吉利吧！

但老夏也提醒过我，纳西古乐是过去的道教洞经音乐和儒家宫廷音乐，却未必就意味着吉祥。但我相信自己的判断逻辑：包括红白喜事在内的人类各种情感流露，自有其相对应的音乐表现形式。纳西古乐自古以来能为当地百姓喜闻乐见并传承至今，足以

纳西族音乐民族学家宣科在演奏现场（倪黎祥 摄）

证明其所承载的是关乎人类喜怒哀乐的共通情感，赓续了源远流长的文化基因。我从书架上抽出顾彼得的那本《被遗忘的王国》，找到书里的一段文字指给老夏看，以此佐证自己的主张："纳西人在欢度春节的同时，也为著名的乐师们提供几次宗教式的音乐演奏会……这类演奏会多半在知识阶层中举行。这种具有独特风格的音乐是如此激动人心和引人入胜，使我每每前往。"

当时在场演奏的民间艺人虽不多，仅三五人，有的还要身兼多职，比如吹唢呐的管敲锣，拉二胡的要摇铃，弹琵琶的兼吆喝，吹丝竹的要唱诵词……真心佩服这些民间艺人，果真技艺超群，气场强大，演出博得了满堂喝彩！

现实生活中这些民间艺人都只是一介布衣，无非是教师、职员、学生、工匠、农夫甚至屠夫，他们自发组建古乐队，每到周末活动日，各人除了自带乐器，还带上一点米面和菜，组局弹唱，以自娱自乐，纳西人将这种民间传统称为"抖豆腊"（即个人凑钱物聚会、娱乐、聚餐）。在丽江的农家院子，不难见到这样的情景：一边是布衣芒鞋、挽袖敞衣的庄稼汉在怡然自得地奏乐，一边是老孺妇人在院内打粮，相应唱和，相映成趣，其乐融融。

纳西古乐作为国家级非物质文化遗产，我与其缘分匪浅。读高二那年，爸妈带我去昆明的西山公园观看了一场纳西古乐的演出。

这场演出的背景说起来很有意思，当时的报纸上也有报道，说的是一个被称为“大地艺术家”的美国狂人魏杰丽，1986 年的某一天晚上做了个荒诞离奇的梦，梦见地球和生物正在争吵、打架、分离。梦醒时分，她以双手拥抱地球仪，发现自己的双手正好圈住地球仪上的十几个国家和地区。刹那间她脑洞大开，奇想突发，立志要在十二个国家塑造一组名为“世界之轮”的石雕像。中国被列为第十站，选址云南昆明西山公园，并于 1992 年 11 月举行了落成典礼。这场题为“地球剧场”的庆典演出，特别邀请了丽江纳西古乐队前来表演，以体现人类与自然的原始和谐。

“地球剧场”分为三个演出场次，第一个场次为“初创”，第二个场次为“混乱”，第三个场次为“回归”。在这三个场次中，纳西古乐队都是第一个出场，颇含清水源头之意。这些乐曲是中国音乐的“活化石”，在中原早已失传，没想到在万古不化的玉龙雪山下被完好地保存下来。

那天表演，87岁高龄的乐礼总监和毅庵老先生率先亮相。只见他颤颤巍巍地立起身子，擂响开场锣，纳西古乐便从这群身着长衫马褂、头戴博士毡帽的纳西绅士手中弹拨开来。那一声清脆的钵铃（据说那是一件有着400年历史、外国人曾出价5万美元却求之不得的宝贝），余音延续了整整十余秒。有着150年历史的曲项琵琶近四尺长，此刻正被一位老人怀抱，老人灵动的指尖快速拨弄着琴弦，每每弹拨至激越处，老人长长的花白胡髯便上下颤动着……直至那时我才惊觉，《八卦》《山坡羊》《浪淘沙》这些依稀见于唐诗宋词的词牌名，原来竟是一首首可以生发出妙乐清音的唐风宋韵！它们时而似有若无，时而震天动地。乐曲舒缓处宛如玉龙雪山的涓涓雪水沁人心脾，琴声激昂时却如同玉帛迸裂般砰砰作响，或如琴弦折断般铮铮而鸣，而那喧天锣鼓更仿佛是天崩地裂般响遏行云……

这些老人沉浸在纳西古乐无与伦比的音乐世界里，那种浑然忘我又旁若无人的神情，深深感染了我。放下乐器，他们只是一介布衣，可一旦拿起乐器，他们似乎就是在音乐王国里指挥千军万马的王者！他们浑身上下散发出一种儒雅高贵的气质。窃以为，也只有在这片雪山洁水的圣灵之地，才能滋养出这些才情横溢、卓尔不群的子民。

有时连我自己也感到疑惑：到底是痴迷于纳西古乐，还是被这些弹奏古乐的乐师所俘获？

2009 年 10 月 17 日

第八章　上界的语言

谈纳西古乐，意犹未尽。我是先遇纳西古乐，再识丽江的。

如果让我选择能够代表丽江的一种意象，有形的我会选大研古城，无形的则选纳西古乐。

早年在昆明西山公园听过的那场音乐会，依然在我心里经久绕梁。纳西古乐如同一个魔术高手，仰仗一种令人不可思议的幻术将人心征服。

自从观看了西山公园那场演出后，我成了纳西古乐的铁粉。前来丽江之后，又听过好几场纳西古乐会，既有宣科领衔的演出，也有中青年人担纲的演奏。那个年代，别人都在听流行音乐，我却对纳西古乐情有独钟。私底下有人曾取笑我，说我年纪轻轻的却着迷于这些“老古董”，该不是脑子搭错神经了吧？我听后一笑置之，不以为意。艺术本来就是萝卜白菜各有所爱，既然他人可以沉迷流行音乐文化，为何我就不能偏爱本土的历史音乐艺术呢？

丽江为何成就了纳西古乐在世上的延续？毋庸置疑一个重要的原因是丽江特殊的地理环境使然，所谓“失礼求诸野”。但我想肯定还有其他深层原因，类似丽江这样偏居一隅的地方，在中国不知凡几，何以是丽江最终成了中原古乐的幸存地？在广州我曾请教过一些音乐圈人士，他们对纳西古乐不是一无所知，就是知之甚少，根本无法解答我心中疑惑。直到后来到了丽江生活，近距离接触到纳西古乐，我才茅塞顿开。

纳西古乐是 15 世纪中叶，由丽江木氏家族的土司从中原引进的道教法事音乐和儒家典礼音乐。一来纳西古乐呈现的宗教性使其亘古不变。所谓“动则不灵”，宗教音乐作为仪式中不可或缺的手段，具有某种不可更动性，故它能较为完整地传承下来；二来丽江独特的社会人文环境造就了纳西古乐跨越时空的强大生命力。在漫长的岁月演进过程中，纳西古乐糅进了纳西民间音乐的神韵。这一点很关键，依我粗浅的理解，当今的纳西古乐虽然与中原音乐原型一脉相承，但它并非一成不变，而是大胆扬弃，融入了地方音乐色彩。也就是说，在天长地久的岁月中，纳西人“好文善乐”（明代徐霞客在游记中对云南少数民族作了一番比较后，得出如是结论）的文化基因，已经深深浸透到纳西古乐当中，并内化为它的音乐精髓。

纳西古乐终成大器，并经受住了历史长河大浪淘沙的考验，呈现出不可替代的时代价值。

俄国人顾彼得对中国道教精研颇深，对纳西古乐有此一赞：“这种音乐是地道的中国古典音乐。但她却是超时空的，是上界的语言。音乐似乎还描述了这样一块乐土：在这儿多么宁静，安谧，有着不灭的和平，大同。”“如果它对不能领会的人显得单调，那是因为他们的心还没有达到十分的平静和安定。”宣科称纳西古乐是一种“要用整个身心去感知的音乐”。顾彼得与宣科这两个身处不同时代的文化精英，对纳西古乐的评价可谓“英雄所见略同”。

纳西古乐既古典优雅又略带山野气息，体现了纳西人超然物化、张弛有度的意趣，与其闲适自在、自得其乐的人生观颇为契合。纳西古乐是艺术化了的纳西人生活，而后者则是古乐赖以生存、不断补充养分的土壤。

在广州生活时，面对日复一日了无生趣的工作，我时常在办公室里神思穿越，幻想着终有一天在玉龙雪山下拥有一间草庐，约聚三五知己，面对茫茫苍山、太古积雪，焚香一炷，烹茶一盅，或煮酒一壶，聆听纳西古乐，让心灵来一番彻底的洗涤……

2010 年 2 月 3 日

第九章　我的“瓦尔登湖”

爱上丽江有各种各样的理由，有的是为爱而留，有的是为了逃离现实，有的是如三毛一般为了“前世的乡愁”……甚至，爱上丽江根本不需要理由，电光石火的一瞬间就已认定，这里是安顿身心之所！

有的都市人“身在曹营心在汉”，一方面羡慕他人敢于挣脱现实枷锁，远离都市的烦嚣，跑到乡野田园，过上轻松自在、无拘无束的生活，一方面却又强调现实的种种不得已，无数次下决心要抽身离开，到头来还是委身其中，负重而行。

其实我也不能免俗。辞职来丽江之前，自己常为人生终极命题而挣扎苦恼：人的一生到底肩负何种使命，为何而活？

辞职只是因为厌倦。要知道，厌倦是一种很可怕很要命的情绪，往往自职场而起，渐渐会蔓延到生活当中，让人陷入自相矛

悠闲的纳西老人（倪黎祥 摄）

盾的境地而不可自拔，让人整天提不起劲，一副病恹恹的样子，心里堵得慌，却不知道自己要什么，又总觉得自己欠缺点什么。

中国人自古推崇“望子成龙”“万般皆下品，唯有读书高”“学而优则仕”的信条，这些构成了国人的文化内核，并内化为国人的精神气质。主流社会最为倡导的安身立命的途径是通过读书出人头地，从政经商，走仕途赚大钱。除此之外，中国人骨子里有着浓重的家国情怀，立志于“修身齐家治国平天下”，秉持光宗耀祖、建功立业的人生抱负，追求“吃得苦中苦，方为人上人”“达则兼济天下，穷则独善其身”的人生境界。

主流社会对个体评价构建了一整套庞杂浩大的程式化和标准化体系，导致我们就像是一个个模板刻制出来的“工具人”，成长方式和生活模式如出一辙，人生观和价值观别无二致。我们崇尚所谓积极向上、锐意进取的人生观和价值观，似乎唯有如此才是正道，而鄙视闲适落伍的、平庸无聊的生活状态，甚至不能容忍其成为一种人生选项。生活本是丰富多彩的，人生选择理应多元多样，这种观念不仅不被主流社会接纳和倡导，还被有意忽视或排斥。

可悲的是，我们在过的生活可能是别人早已安排好的，我们取得的所谓成功也只是别人的期许。哪怕这种生活就像别人帮你挑选的鞋子，根本就不合脚，却无从改变；前行路上我们或许早已疲累不堪、伤痕累累、难以承受，却依然要百折不挠，勇往直前，不容有丝毫懈怠。绝大多数情况下，人生旅途有如夜行华山观日出，只有一条单行道，绝不能半途而废、抽身而退，否则，在别人眼里不是失败者就是另类。

一天夜里，我躺在床头读美国作家梭罗的《瓦尔登湖》，惊叹于作者的惊世骇俗之举：他按下暂停键，跑到瓦尔登湖畔一片再生林中，度过了两年零两个月的时光。他在那些远离人烟、避世独居的日子里，沉浸大自然，享受大自然，让自己浮躁的心沉静下来，认真思考人生，得以认清人生的终极意义。

掩卷沉思，突然灵光乍现：丽江，不正是我的瓦尔登湖吗？自从在丽江开始新的生活，发觉这里的雪水让我忍不住想俯身痛饮，这里的雪山让我感动得不由自主地想下跪，这里散漫的时光让我有点麻木的知性复苏灵动……是丽江，让我的内心更加笃定，步伐更加从容，它让我重新发现了自己，并明白一个道理：若然以梦为马，人生的活法，原来可以有许多种可能！

2010年6月16日

第十章　木府重生

坊间有“不到木府，等于不到丽江”之说。

木府，曾是纳西最高统领木氏土司的府邸。历经元、明、清三个朝代，鼎盛时期木府占地面积一百多亩，有近百座建筑，是八百年大研古城的心脏。史称木氏“土地广大，传世最远，富冠诸土郡”，象征当地最高权力和地位。

作为丽江古城地标性建筑，木府堪称丽江建筑文化“大观园”，美轮美奂，气象万千。连游侠徐霞客亦为之惊艳，赞美其“宫室之丽，拟于王者”。木府既保留了唐宋中原建筑的流风余韵，又充分体现了明代中原建筑的风采气质。其建筑之宏伟、宫殿之辉煌、雕刻之精致、构件之玲珑、绘画之璀璨，在滇西北无出其右。

木府的始祖在择址时深得堪舆文化之精髓要义。整座木府荫庇在狮子山的怀抱里，地处古城的头部，西河水东、南、西三面环流，

木府

古城街道和民居傍河而筑、依渠而建，官邸民居与渠水一脉相连，民居层层环围木府，其扇形格局呈现官民祥和的勃兴气氛。巍巍木府“迎旭日而得木气”，既得雪城之灵气，又具玉水之精魂，足证纳西文化与中原文化一脉相承。

在传承中原文化的同时，木府也保留其独特见解和价值坚守。木氏土司在建府时，一反中原王城“居中为尊”的传统，将府第建于城西南一隅，以广场为中心，街道呈放射状，不规则、不对称，无中轴线，也无城墙。据传丽江古城不砌围墙事出有因，木氏土司得皇家赐予“木”姓，若砌围墙，则成“困”字，不吉利。

木府府第虽有王者气度，但其坐向却打破“坐北朝南”的铁律，选择朝向东方。在中国古代五行理论中，东方属木，太阳和木为东巴教的崇拜物，木亦为皇帝所赐之姓。故此，得“木”之气而盛的理念使木府的建筑一律坐西朝东。既有传承，又有创新，这正是纳西文化兼容并蓄的现实见证，不仅体现在小桥流水的城市布局和建筑之中，在音乐、琴棋书画等诸多方面也同样体现了这种包容的特性。更为难能可贵的是，木氏土司除了以建筑、音乐、绘画闻名一时，流芳百世，更以“知诗书好礼守义”著称一方，遗泽后人。纳西人说起“木老爷”来，就跟我们提到那些德高望重的老祖宗一样亲切。

木府大部分建筑毁于清末战火，躲过战乱的石牌坊最终也毁于“文革”。1996年，木府的恢复性重建恰好与丽江大地震的灾后重建叠加在一起，引起外界的高度关注，它标志着丽江古城终于拨开历史迷雾，劫后重生。

丽江大地震之后第二年，我重回丽江，曾偶然踏访木府，此时的木府正在全面修葺重建中。大门敞开着，任人随意出入，我们静静走进去一窥究竟，却发现内里空无一人，也许是快要过春节了，建筑工人大多放假回了家。察看之下，发觉除了原有的柱梁、石阶等框架性结构，其余都是新砌的。工地上胡乱堆放着许多石头和木头构件，包括雕花的门窗、描案的门楣等。据说丽江地区汉、白、纳西族众多身怀绝活的能工巧匠参与了木府的重修工程，在保留中原明代建筑风格的基础上，融入了纳西族、白族等各民族的建筑特色和地方工艺风格，按照“修旧如旧”的原则进行修缮。

岁月倥偬，时光翩跹。多年之后再次到访丽江，我沿着四方街西侧小河边一路闲荡，不知不觉中又途经木府，此时的木府朱红大门紧闭，墙壁上悬挂着一块醒目的售票牌匾。历经三年建设，木府终于得以浴火重生，再现人世，成为丽江旅游的金字招牌。

据说重建后的木府比原有的规划还要壮观，但我那时对入内参观却意兴阑珊。经历修复的木府，在我眼里的吸引力既不及古城那些粗拙古朴的小桥，也逊色于四方街那些被马蹄磨得溜光的青石板路，更比不上那些意趣盎然的“三坊一照壁”民宅。

如果可以选择，相信大多数人还是更愿意体验事物的原始状态，盖因它蕴含着一种历史的真实感。

2010年8月8日

第十一章　杀猪菜

纳西人的千年食谱里，雅有茶，俗有猪。

茶太雅，我平日喝得不多，不精通。但以我的粗略观察，纳西人的茶文化堪比内地：早上一起床，纳西人一家子围着火塘，忙着拾掇早茶的事儿；太阳刚一下山，又到了喝晚茶的时间。当年我曾朝夕相处的老广们也是以嗜茶出名，两相比较，区别在于老广们爱上茶楼叹茶，而纳西人则惯于居家饮茶。纳西人嗜茶习俗，应该是受茶马古道的影响，但这只是我的臆测而已，并没有作深入探究。

重点还是说说猪吧。纳西人善养猪，以前在农村，宅子上面住人，下面就养猪。猪要从小养起，挑选骨架大、食欲好的优良品种，养到第三年才宰杀。用手掌来度量年猪的肉身厚度，以此来鉴定年猪的肥瘦，三指膘、四指膘都算不上肥猪，五指膘才算。

每逢红白喜事，纳西人要做“红大肉”或“白大肉”，将猪皮染成红色或白色，大口锅炖起来，邀请亲友邻里前来道个喜或致个哀。到了春节，农村更是家家宰年猪。冲上一壶加了核桃的酥油茶，做上一桌香飘四溢的杀猪菜，吃上一顿五味俱全的团圆饭，“油水两边淌，米饭挨鼻尖”，是纳西人的一大快事。

宰年猪要先定下日子，一家人甚至一族人参与商量。邻里之间不宜同时宰年猪，因为宰年猪需要邻里之间相互帮忙，还要相互请客。和别人家同时宰杀的话，这户人家会被鄙视，背地里会被讥讽为“吝啬鬼”，因为此举会被人视作不想请对方吃饭。

宰年猪是个力气活，也是个技术活。事前事中有许多准备工作。古时有“庖丁解牛”一说，说的是厨子对宰牛之道胸有成竹、驾轻就熟，在杀猪的技法上，纳西人与之堪有一比。

听老主任说过，当年他曾经去到丽江的一户地震灾民家中采访，只见四处断壁残垣，边上却支有一口大锅，锅底生着火，锅里一大团的猪头、猪肉，连同猪小肠、大肠等各种猪内脏搅和在一起，卖相不敢恭维，可等到一阵阵热气从锅的边沿吱吱冒起，一时肉香四溢，让人不禁垂涎三尺。那时临近春节，经历天灾的纳西人依然不乱方寸，生活有条不紊地继续，知命而达观。

丽江的美食很多。我的客栈辟有“杀猪饭”菜谱，即是当地的一道名菜，包括地道的豆腐圆子、炒藕片、丽江火腿、风味冷盘、烤鱼，最不能少的是纳西特有的“红大肉”。纳西人喜吃酸辣，六样菜里却是酸甜苦辣俱全；还有菜肴“大肉”，也是纳西人晚饭桌上的头牌菜：将肉整块放在锅里煮熟，切成大小相当的三角形肉丁，肉丁越肥厚越好，用曲米染红，配以草果、茴香等香料。一头是肉皮，一头是瘦肉，夹在中间的是肥肉，状若三明治。用筷子夹起来，重而黏手。吃到嘴里，爽而弹口；“吹肝”也是当地一道名菜，将气和佐料吹进猪肝，风干后煮熟，切片，猪肝片便呈透空网眼，再加芫荽（香菜）、酱油、酸醋凉拌，是上好的下酒菜。

纳西人极喜腌制腊肉。年猪开膛破肚后，先将内脏剥出，然后切割猪腿，前腿不带皮，只留瘦肉，称为“拉丕勒”；后腿连皮，经制作风干后纳藏，即为火腿。丽江的火腿制作也是一道绝活：剔出肋骨，将肉顺横切面切下，搓上盐巴，腌着，待来日渍出血水，挂在楼上通风处。一头年猪除头脚外，可以切割挂晒近 10 条大块腊肉！

有美食家点评说，纳西人饭桌上常见的丽江火腿与著名的宣威火腿有得一拼。

纳西人堪称美食高手！

2011 年 2 月 18 日

第十二章　一碟米肠

说起丽江美食，倒让我想起一件事，还是那位老主任，临别时请我吃了一顿饭，也算是欢送吧。席间他回忆丽江带给他最深刻印象的人与事，谈到了当年在丽江采访时吃过的最美味的一顿饭，是在一家小餐馆里，最香的一道菜，竟是一碟油肠！

何以一个普通小餐馆和一道普通的菜肴，让见多识广的老主任如此推崇？听他细述事情原委，我恍然大悟。

那年冬天，距丽江大地震后仅仅三四天，老主任就与同事连夜赶到丽江，第二天醒来立刻投入艰苦的采访工作中，一直忙到天黑才返回宾馆。当其时仍处于余震多发期，物资供应尚未恢复，如果没有提前预订，酒店是无法为错过用餐时间的住客提供餐饮服务的。老主任他们只好让昆明来的司机在城里转悠，寻找吃饭的地方。大地震对城镇造成的破坏以及对人们心灵造成的创

作者与店家夫妇（陈韬 摄）

伤，是连夜色都遮掩不住的，一到夜里，当地人家关门闭户，除了城镇中心地带聚集了一众百姓露宿街头，所到之处皆黑灯瞎火，悄无声息，仿若空城。老主任他们逐渐气馁了，便想着开回酒店再做打算。当车子沿着一处陡坡开上去，他们惊喜发现马路边有一间小餐馆的招牌，房门虚掩着。他们立刻停下车，抱着最后一丝希望推门而入。

屋子里灯光昏暗，一家三口正在堂屋吃饭，老主任他们感到有点冒昧，先是表示歉意，然后表明来意。只见一脸木讷的男主人立起身子，摆摆手，示意说现在不开店。老主任他们仍不死心，跟男主人说明前来丽江的缘由。男主人指着灶膛，以含糊不清、很难听懂的方言跟他们嘟囔了几句。原来，灶膛设在天井另一边的屋子里，大地震过后房基松动，一旦发生余震，房子说不准啥时候会倒塌，这时候进去烧饭很危险。经不住老主任他们再三恳求，男主人动了恻隐之心，一边收拾碗筷，一边招呼女人和儿子生火，洗菜切肉做饭，手脚麻利地张罗起来。没过多久，一桌饭菜便端了上来，有辣子鸡、西红柿炒鸡蛋、丽江火腿和腊肉炒韭菜等好几样菜式，老主任说最可口的是那盘油肠，爽中带滑有嚼头。

来到丽江生活后，我曾应邀到当地农家做客，才知道油肠是纳西人待客的上佳美食，也见识过其独特的制作过程：猪大肠翻洗干净之后，将生猪血、蒸得半熟的米饭及香米拌匀，装进肠子内。装油肠也是需要技巧的，一个大竹簸箕，盛放着正散发着米香的血红色米饭，以左手虎口按住肠子，右手将血米装进去，松紧要适度，同时将带油的肠子外壁翻入里面，将光洁的肠子内壁暴露在外。随后肠子放入蒸笼，垫上青棕榈叶蒸透，趁热切片。它融米、血、油、香料于一体，油而不腻，味道鲜美。也可以冷却后再切片，用菜油煎黄后食用，香脆可口，又是另一番风味。这种油肠可以晾干保存，但不宜久存。

老主任说他们当时又累又饿，狼吞虎咽地将饭菜扫了个精光。一旁的男主人见他们这副馋样，一边摩挲着粗糙大手，一边憨憨笑着。老主任他们心存感激，结账时，特意多付了饭菜钱，男主人先是一再推却，在老主任他们一再坚持下才收下。饭菜做得这么地道，老主任他们起初以为老板一家是当地人，接下来聊了聊，才知道这家人是从四川农村过来打工的，后来才开的店。打那以后，老主任他们只要外出吃饭，必到这家小餐馆来，也必点油肠解馋。

久而久之，小餐馆成了老主任他们身在异乡的情感驿站，带给他们家一般的温暖。更让老主任感怀的是，当年除夕之夜，因为忙于采访赶稿，直至晚上十点半向报社发完稿之后，才匆匆赶到这家小餐馆，大家围聚一起吃了餐团年饭。而为了这餐团年饭，餐馆老板把早已烧好的饭菜热了好几回。

大地震后的第一年，老主任他们回访丽江，提前告知了餐馆老板，老板便让在丽江开出租车的儿子专程到机场接机。后来每次回访丽江，老主任他们都会到小餐馆去相聚一番。老主任叮嘱我到丽江后抽空去一趟小餐馆，替他面见故人，也想让我多认识一些当地人，好有个照应。

老主任这番述说，听来怪有趣的，让我不期然联想到戏文里演绎的当年乾隆皇帝微服下江南，将家常米粥视作美味佳肴的一段逸事。只是我人在丽江，却因一直忙于客栈的筹建事宜，根本抽不开身前去探访小餐馆老板。直到手头的事务告一段落，这天我趁着去大研古城置备货物的空档，依老主任描述的路径一路找寻过去——上坡，旁边有家邮局，邮局对面有棵沙枣树，小餐馆就在沙枣树旁——所有的地标都对上号了，但就是怎么也找不着那间小餐馆。我忽然醒悟过来，这里虽然尚未被旧城改造波及，却因事过境迁，小餐馆早已经人去楼空了。老主任不知有变，但他也说过很久没与餐馆老板一家子联系了。

看着晚霞在远方的天空一点点滑落，我的内心不免略感惆怅：天地间果真是沧海桑田，聚散无定啊。但也为老主任感到欣慰，对于老主任来说，他是幸运的，当年在丽江，他吃到人生中最香喷喷的一顿饭，这顿饭饱含着浓浓的人情味。

2011 年 4 月 3 日

第十三章　神秘“女儿国”

在束河忙碌了一段时日，我想外出走走。一直有探究神秘“女儿国”的念头，在丽江的首次出游便决定去泸沽湖。约上几个好友，驾驶两辆越野车，早上从丽江起程，一路翻山越岭朝着泸沽湖开去。

曾听一位女作家说过，她非常喜欢从泸沽湖到丽江的那段山路，可以让人领略到自然的博大。但在我眼里，这段路岂止是博大，更让人体味到艰辛和危险。“蜀道之难，难于上青天”，其实，云贵高原的盘山土路也是出了名的难行。好在充当司机的好朋友对这段路的地形比较熟悉，才能一口气跑下来。其中一位朋友事后心有余悸地说起，在途中一个转弯处，曾与迎面过来的车子险些相撞，听完大家才知后怕。

途中也有令人惊喜之处。在攀越一座山峰后，我们停下车来休息，在一家餐厅用膳后，步出餐厅，不经意抬头望去，原本的丽日晴空突然间转换了颜色，变成灰蒙蒙的，气温也逐渐下降，没过多久，天空竟然飘下一片片雪花！刚开始稀稀落落，渐渐地雪越下越大，越下越急，一会儿工夫，坡地上的植物被洒上了一层细碎的银粉。这让我们好一阵兴奋，奔向坡地撒野打闹了一番。

这是一个吊诡的现象：人类文明发展过程中，创造了繁华与喧嚣的同时，也让自身远离安宁与纯朴。恰恰是那些人迹罕至不被打扰的地方，成了大自然为人类保留的心灵栖息地。久居都市、厌倦俗世的游人纷至沓来，寻觅世外桃源，殊不知随着踏访游人越来越多，桃源又步了都市的后尘。

泸沽湖边的村子叫落水村，分为上村和下村，上村在公路旁，下村在湖边。傍晚时分我们走进下村，做客一户摩梭人家。据说接待游客已成了当地摩梭人家的收入来源之一。

泸沽湖民房多是方木垛成的井干式木楞房子，以木板当瓦盖，房子内部结构依据母系社会组建家庭的特点而建：火塘所在的正室是家的中心，相当于房屋的客厅，一旁辟有老人、孩子的居所，另一幢二层楼房为“客房”，楼上是“阿夏”与“阿注”的居室。我们到访的这位“阿夏”的木楞房子就在湖边，

泸沽湖木楞房子

院子里硕果压枝，色泽诱人，推门即见波光潋滟的泸沽湖。

这位“阿夏”是位中年妇女，和善温厚，笑容可掬，浑身上下散发着朴实的热情。她一边招呼我们，一边张罗晚饭。在摩梭人家庭里，妇女有着相当高的地位。摩梭人的婚嫁习俗是，青年男女不娶不嫁，采取走婚的形式。成年女子会在自家花楼等候意中人。男女结合不受任何人支配，交往离异都很自由。男女分别住在自己母亲的大家庭里，孩子归女方抚育。大家互相尊重，和睦相处。同一片蓝天下，竟然存在如此不同的生活方式。

“阿夏”的女儿大约八九岁，在念小学，活泼可爱，与我们交谈时毫不怯场，对答如流，似乎习以为常。出于好奇，我们还是冒昧问起她口中所称“叔叔”的去向，她说“叔叔”住在村子的另一头，晚上才回来。谈及这一话题，一旁忙活的“阿夏”笑而不语。

趁“阿夏”烧饭的工夫，我走出木楞房子来到湖边。放眼望去，那一泓碧水，将蓝天、白云、青山一股脑装入湖中，湖光天色浑然一体，美得夺人眼球，摄人心魄。随着火烧云一点点隐没天边，夜色悄然袭来。

直到散席离开“阿夏”家，我始终没有见到“阿注”的出现。

从“阿夏”家出来，我们看到一众摩梭男女正围聚在湖边聊天，便趋前攀谈了几句。当中有一个女孩子，个子高挑，容貌姣好，打扮入时，还化了浓妆。她说自己在深圳打工，回来探亲，过几天就要回深圳了。这女子显然见过世面，穿着打扮、谈吐举止都与众不同。

夜色如水一般渗进村子，微风起处，凉意渐生。听一众摩梭男女说，过一会儿要去村子的广场参加篝火舞会，他们盛情邀请我们一同前往。起初我们还有点犹豫，怕又是一种商业套路，只是诱人消费的伎俩而已，但终究敌不过好奇心，还是去了篝火舞会。

说是广场，其实就是摩梭人村寨的坝子，一块相对大的场地中央架起一堆柴火，点燃后，篝火舞会便开始了。云南少数民族包括摩梭人在内，皆能歌善舞。只见一众摩梭男女身着盛装，手牵手绕着篝火围拢一圈，笛子吹奏一曲悠长的甲搓舞曲，在场舞者有如火苗般跳动——男跺脚，女摆手，舞步时急时缓，节奏时快时慢，韵律十足。我们也情不自禁加入其中，手之舞之足之蹈之。气氛渐入高潮，歌声响彻村寨……

现场一众摩梭男女当中，我留意到一位年轻男子，颇为出众。只见他戴着当地礼帽，大眼睛，高鼻梁，面部棱角分明，体形瘦削挺拔。长年生活在高原之故，他的皮肤略显黝黑粗糙，却有一种粗犷野性之美，与都市男人迥然有别。在充满阴柔气质的泸沽湖，他展现了阳刚冷峻的一面。

2012 年 3 月 14 日

第十四章　物华天宝

丽江的山山水水让人流连。

丽江连接青藏、云贵两大高原，金沙江蜿蜒而下，雄奇山脉、峻峭峡谷、锦绣植被、明净湖泊摄人心魄。有时我会忙里偷闲，选择一些景点出游散心。丽江周边的热门景点诸如玉龙雪山、老君山、虎跳峡、黑龙潭、泸沽湖……都一一去过了，有两个地方游客一般去得不多，值得一说。

一个是石鼓镇。

从丽江驱车西行50多公里即到石鼓镇，那真叫一个震撼。长江从“世界屋脊”青藏高原沿横断山脉峡谷浩浩荡荡一路奔腾，到了石鼓镇突然掉头向东，“V”字形“万里长江第一湾”陡然而成。前人有诗云：“江流到此成逆转，奔入中原壮大观。”描述的正是“长江第一湾”的磅礴气势。

红军长征渡江纪念碑（倪黎祥 摄）

石鼓镇居于“长江第一湾”的湾底，江边立有一座鼓形汉白玉石碣，故称“石鼓”。相传石鼓能以身上的裂痕预告天灾人祸，是当地人心中的神鼓。始建年代不详，刻有明嘉靖年间的铭文，内容为丽江木氏土司与吐蕃争战之告捷记功文。

石鼓镇相传是大禹治水之地，也是“茶马古道”要冲，兵家必争之地。离石鼓不远处的石门关，就是丽江的古战场之一。

元世祖忽必烈南征，中央红军长征北上抗日，都是在此渡江。

登临红军长征渡江纪念碑，极目四眺，石鼓江面宽阔，流水轰隆，两岸青柳成行，良田万顷，真是风光这边独好。此时正是正午时分，江中金光耀眼，说是江底金沙粒折射的光芒，又据说夕阳西下的江水更美。江面横有一道铁索桥，是过去当地人的交通要道。行走其上，俯视脚下的急涌湍流，耳闻轰隆之声，不禁胆寒。

石鼓镇人文荟萃。这里流传着一则传说，木天王曾在这一带藏有宝物，并留诗一首：“石人对石鼓，金银万万庑。谁人猜得破，买下丽江府。”诗中言及的“石人”是指沙松碧村北一里外江边一块人形岩石，江水枯竭时才能见到，但至今尚未有人揭开谜底。

另一处则是宝山石头城。

宝山石头城，纳西语称作“喇伯鲁盘坞”，意为“宝山白石寨”“巨石上的村庄”。石头城始建于元代，是丽江路宣抚司的辖地。这是一块灵芝状的巨岩，西、北方是悬崖峭壁，东临奔腾咆哮的金沙江，南方的悬崖凿有一条小径出入，有“一夫当关，万夫莫开”之势。

石头城有百余户纳西人家，民居依岩随势，鳞次栉比，道路沿石面延伸，各家房屋的柱础、水缸、炊灶、饭桌、床铺均依岩势凿造，堪称一座巨型的石雕艺术品。这石头城相传还是忽必烈南征时的“革囊渡江”之地，地势险要，兵家必争。

是为记。

2012 年 6 月 5 日

第十五章　爱花纳西人

离玉泉公园不远有座玉峰寺，是丽江七大喇嘛寺之一。

到过玉峰寺两次，寺内最出名的，要数那棵被誉为“环球第一树”“世界茶花王”的山茶树。这棵山茶树种植于明成化年间，已历经500多个春秋。每到立春时节，花枝上开出成千上万朵山茶花，花朵硕大无比，艳丽非凡。细细察看，树上竟然开有两种花朵，一种花瓣绯红热烈，灿若红霞，另一种花瓣淡如胭脂，雍容华贵。原来，这是一棵阴阳树，由两棵树交织形成合欢状，相伴相生，如龙似虬。这棵山茶树吸纳了玉龙雪山之精华，纳西族裔之灵气，花形多为并蒂，其中一种有九个花蕊，十八片花瓣，享有“九蕊十八瓣”之称。古树花期长达100多天，相继盛放20余批，总计2万多朵。隔三岔五，就可以见到它灿烂如昔，仿佛永开不败。它是丽江人杰地灵最好的代言。

丽江素有“丽郡从来喜种树，山城无户不养花”之说。徐霞客当年云游丽江，曾受到丽江府土官木增的尊崇和盛情款待。入席前，主人家邀请徐霞客先去后花园赏茶花，此茶花被誉为“南中之冠”。先赏花后入席，丽江人对花之痴迷与重视可见一斑。

每逢开春，丽江漫山遍野的鲜花开得如火如荼，点绛流丹，仿佛在大地上涂抹上了五彩缤纷的颜色：山上，繁花似锦，竞相绽放；山下，田边、地角、沟边、院落中、屋檐下，也是花团锦簇、花潮如海……人在花海里，犹如走入画卷中。

纳西人将莳花弄草视为一种生活情趣，将自家院落打理得像个百花园：玉兰含苞、金桂飘香、兰枝摇曳、牡丹盛放……哪怕是庭院外，街巷中，也是百花盛开，争奇斗艳：洁白如玉的梨花、热情似火的桃花、争奇斗丽的茶花、色泽金黄的油菜花……还有一些叫不上名字的花草，静悄悄地长着，羞答答地开着。

《东巴经》记载，始祖崇忍利恩和天女衬红褒白下凡后，安居于一棵每年两度盛放的梅花树下，繁衍了纳西族。纳西人的一生与花结下不解之缘。在我的出生地昆明、求学地武汉和生活地广州，那里的人也都以爱花而闻名：昆明被冠以春城之

爱花的纳西人（倪黎祥 摄）

名，武汉大学校园里的樱花闻名遐迩，广州别称“花城”，一年一度的广州迎春花市蜚声海内外……那里的人们也爱种花养草，但作为都市人，种花养草更像是身处闹市却向往自然的一种生活情趣。纳西人却不仅囿于此，他们爱花、懂花、惜花的生活，融入了更多的人文色彩。平日里，好花之人会相互邀约，三五成群，以花会友，其乐融融，乐在其中。一年四季更有各种各样的花会，如兰花会、茶花会、梨花会、菊花会、牡丹花会……当地人扶老携幼、盛装而行、载歌载舞，少男少女也会趁此良辰吉日寻觅意中人。

兰花被誉为“花中君子”，其香之淡雅、清浅，更被赞誉为“王者之香”。纳西人与兰花的渊源极深，据史料记载，在石鼓镇保夫洛村，和氏先民早在明代就培植出兰花珍品——石鼓大雪素兰。当时村里有一养兰户，家里孕妇难产，全家一时乱了阵脚，慌乱中抓一把大雪素兰根，煨了一土罐，产妇服下汤剂后，竟转危为安，顺利诞下麟儿，此事轰动了全村，后经证实是大雪素兰的功劳。

纳西文化也以兰花比喻女性。兰草在纳西土语中被称为“阿丹”，繁衍子嗣、智慧能干的女人也被称为“阿丹”，于是，兰花成了一种“女人花”，象征女人的蕙质兰心，让家庭昌盛。养兰、观兰、赏兰逐渐发展成纳西人的一项文化活动。

我发现，束河的纳西人钟爱兰花，倘若一个人能深谙养兰、护兰、赏兰之道，在当地更有机会被人奉为座上宾。纳西人不仅爱花，对护花者也满怀敬意。玉峰寺那棵“世界茶花王”，长达半个多世纪都是在一位名叫那都的老喇嘛精心呵护下生长的。近百岁高龄的老人将一生心血倾注在古树上，浇水施肥，捉虫剪枝，堪称这棵“世界茶花王”的护花使者。

纳西人崇尚万物有灵，相信一草一木自有灵性，终其一生热爱花草。故当年哪怕是选择情死，纳西人也要在情死地搭建花房，铺满鲜花。纳西人对花草的热爱融入了一种宗教信仰般的虔诚力量。

2012年12月12日

第十六章　白沙壁画

抽空去了一趟白沙乡，这座古老简朴的小镇，距丽江城北约 10 公里，以白沙壁画著称于世。

白沙壁画无疑是最能体现东巴文化的代表性文物之一。白沙壁画是明代至清初，先后由汉族、藏族、白族、纳西族等多民族画师陆续制作完成的大型壁画，曾分布在大研古城、白沙、束河、漾西、文华等十余处，现仅存于白沙大宝积宫、琉璃殿和大定阁三地。

亲临此地才发现，这座貌不惊人的小镇原来曾是当年丽江的政治、经济、文化中心。到明朝后期，在木氏统治下，丽江社会稳定，经济复兴，便大兴土木建造宫室寺院。现存的大宝积宫和琉璃殿，正是木氏时期的产物，现为国家级重点文物保护单位。

大宝积宫和琉璃殿，保留了明代建筑风格，三进院落，柱梁粗实，斗拱壮观。最值得一看的是宫内的白沙壁画，融汉传佛教、藏传佛教、道教和儒家文化于一炉，集汉族、藏族、纳西族、白族等民族传统绘画技艺于一身。壁画共20多幅，各类人物画像数百个，用笔飘逸、线条精细、色彩艳丽。其中的《如来讲经图》有大小神像、佛像百余尊，中央为端坐莲花台的释迦牟尼佛，上列十八尊者，下列三位密宗金刚，两侧为道教神像，外围四角是四大天王。又有《莲花生祖师》图中的喇嘛祖师莲花生，头戴七宝冠，合掌坐于正中，莲座下两小天女，神态优美，四周百工之神，坐、立、舞、骑、舂米、打铁、砍柴，姿态各异，栩栩如生。这些壁画绘制技巧、构图层次、色彩设置、表现内容都体现了各教派合一、多民族艺术融于一体，是中国绘画艺术的佳作，诚为稀世珍品。

1997年，白沙壁画与大研古城、束河古村一并被列入世界文化遗产名录，堪称丽江纳西文化的三朵“并蒂莲”。

2013年2月6日

第十七章　东巴文化“三宝”

东巴文化是集大成者。

人们将千百年来纳西人创造的文化统称为东巴文化，它是纳西传统文化的主体，既是本民族社会生活、宗教哲学、历史演变、民俗事象、科技医学、文学艺术的百科全书，同时也融汇了苯教、汉地佛教、藏传佛教、道教乃至古波斯、古印度的文化元素，成为世界文化史上的奇观。

东巴文化融合的多元文化丰富博大，被国际上许多学者视为解开喜马拉雅周边地区各民族文化传播、原始宗教发展演变、藏传佛教、苯教文化之谜的一把钥匙。

东巴文化有“三宝”：东巴教、东巴音乐和东巴文。最能体现东巴文化精髓的当数东巴教。东巴教是纳西人的一种原始信仰，笃信万物有灵，崇拜多神。东巴教通过祭天、祭祖、祭风、占卜、

纳西古乐会（倪黎祥 摄）

超度亡灵等仪式，祈求本民族的繁荣和发展。

东巴音乐是东巴艺术的有声部分，保存了大量民间古老而质朴的乐品。部分乐品长期以口口相传的形式流传，部分零星保存于典籍和绘画中，内容多为诵经时哼唱念诵，有纳西民谣，也有藏族民歌曲调及喇嘛经腔，同时有大量的乐器演奏或伴奏。

纳西古乐被誉为“中国古典音乐活化石”，也是兼收并蓄的产物，是纳西文化和儒、道文化珠联璧合的结晶，既有中原道教法会音乐和儒教典礼音乐的显著特征，又具有纳西民族特色，甚至唐宋元代的词、曲牌音乐奇迹般融汇在纳西古乐的旋律中，形成清纯、空灵、独特的纳西民间音乐神韵，令闻者不由得由衷慨叹“此曲只应天上有”。难怪有人说：“纳西古乐是完整保留下来的中国古典音乐的一部分，到中国没有听过丽江的纳西古乐是极大的遗憾。”

东巴文作为世界上最原始图画象形文字之一，也有文化交流的印迹。东巴文被称为活着的象形文字，是人类社会文字起源和发展的“活化石”。从文字形态来看，它属于文字起源的早期形态，最早是刻画在木头和石头上的符号图像，随着纸张发明和书写工具改善，才写在了纸上，成为东巴文经典。随着丽江社会发展和民族文化进步，在明末清初，丽江又出现了格巴文。格巴是弟子的意思，格巴文就是东巴什罗后代弟子创造的文字，格巴文是对东巴文的改造和发展。

纳西人创造了两种古文字，为世界文字史所罕见，堪称奇迹。现在一些古文字已被应用于商品上，有的刻在木板上，有的印在染布上，古城的商铺就有专门售卖的，我也买了好几幅，张挂在客栈大堂和客房作为装饰物。

精美的唐卡是藏族绘画艺术的珍品，在丽江也不是什么稀罕物，在一些寺庙或重要的公众场所常常可以觅其踪迹，是纳西族和藏族文化交流的见证。

丽江地处滇、川、藏走廊，是多民族、多文化交汇的枢纽，这决定了丽江文化的多元性、开放性和复杂性，既继承和弘扬了本民族古老的文化遗产、培育了东巴文化，又源源不断吸收了周边民族文化的养分。

最早把东巴文化公之于世的是法国人太伦·拉科佩伦，他把一本东巴象形文经书抄本收入《西藏附近文字的起源》一书，1894年在英国伦敦出版。

在众多研究纳西族东巴文化的学者当中，精研最深者当属美籍奥地利人洛克和中国学者李霖灿。洛克知名度相对较高，不再赘述，这里说说台北故宫博物院原副院长李霖灿先生，他原是从事绘画艺术的，当他来到纳西族生活的玉龙雪山，接触到东巴文化之后，毅然放下画笔，学习和研究起东巴文化，写下《么些象形文字字典》《么些标音文字字典》《么些研究论文集》等著作。

东巴文化中最见纳西先民心灵智慧的是“人与自然是兄弟”思想，即人与自然和谐共处，这是纳西文化的核心理念。当地人正是遵循纳西东巴文化所倡导的“适度”原则，对物质取舍有度，才使周围的壮丽雪山、丰茂草地、茫茫林海始终涵养着丰富的物种，长久维系着人类与居住地的和谐关系。万物有灵、善待生命、关爱自然成为纳西东巴文化的重要特征。

当今世人深陷物质至上的拜金主义泥潭，而纳西族“人与自然是兄弟”这一传统观念，体现在纳西人日常生活的方方面面，带给世人以哲学层面的深思，给人们提供了纠错或回归正途的参考路径。

2013 年 5 月 30 日

第十八章　奇石谜文

丽江喇嘛寺之一的指云寺位于拉市乡西南，始建于清雍正五年（1727），跨越了三个世纪。

相传指云寺为立相喇嘛所创建。立相是丽江束河和姓人氏，原以编竹器为生，后至福国寺剃度为僧。有一年，西藏大宝法王来到丽江，召见所有僧侣考核修习功夫，见立相修为功夫深，大宝法王便带其进藏深造佛学。立相学成后，返回丽江弘法，选择建寺地址时，路遇一神秘高人（另一说是大宝法王），手指西面一片祥云，说：那里有圣人踪迹，宜建寺于此。其所指的圣迹，乾隆《丽江府志略》记载："在剌是里西南山麓，传曰：昔水涝不通，西僧摩迦陀，趺坐石笋丛中，以杖穿穴，泄其水，留有足印，今建指云寺于其上。"这里所说的"西僧摩迦陀"，民间传说是莲花生大师，亦有称其"摩诃迦叶尊者"。

指云寺

立相在神秘高人所指的那方祥云下的土地建起寺庙，取名指云寺。指云寺以百年古杏、奇石谜文、落水无踪、梨花参佛等景点闻名于世。其中，奇石谜文指涉的是一块呈三角形的神秘伏藏石，它位于指云寺正南方不远处。当年我造访指云寺，未等迈入山门，穿过一片树林，远远看到一个红色木质凉亭，走近了，呈黛青色的巨石赫然在目，仔细察看，其下部泛黄，明显沾有黄色

奇石谜文（倪黎祥 摄）

泥土，表明它原是深埋地下，露出的只是一小块。曾有人前来盗取石料，挖开巨石周围的泥土，发现其形似人的生殖器，也有说像莲花座的形状。不可思议的是，用铁锤猛砸石块，发现其坚硬如钢，好不容易凿下一些石块，脱落的地方出现一道白色纹路，显现出像文字一样的图案。经僧人识辨，是经文的内容。关于巨石灵验的故事，民间有许多传说。如今，巨石上方加盖了一座凉亭，为其遮风挡雨，庇佑着一方土地。

我造访指云寺时，参拜了寺院住持。住持体格魁梧，相貌堂堂，我双手合十向住持恭敬顶礼，交谈了几句。记得见面时还有一位喇嘛，法名阿秋。时过境迁，对斯人已经淡忘，不承想若干年后，在深圳弘法寺为方丈本焕长老举行的101岁寿诞盛会上，与阿秋不期而遇，他跟随指云寺住持前来致贺，此后我与阿秋喇嘛一直保持联系，想来我与阿秋喇嘛也是极有缘分的。

2013 年 11 月 6 日

第十九章　心中的香格里拉

现在是丽江的旅游淡季，客栈闲来没事，我决定给自己放个短假，去一趟香格里拉和梅里雪山。

坐上大巴，从丽江抵达香格里拉独克宗古城已近黄昏时分，入住当地一间由藏式民宅改建的客栈。想着要在这里待上一段时日，慢慢逛也不迟，就洗漱一番，早早睡了。

第二天一大早，我穿了一件香云纱连衣裙，用蝴蝶发箍扎了个发髻，“咯吱”一声推开客栈的厚重大门，踏上了古城街道。

独克宗古城是茶马古道的重要驿站，我是第一次来。古城按照佛经中的香巴拉理想国建成，在藏语世界，香巴拉是一个隐藏在雪山中的神秘王国，子民们不执、不迷、无欲、无争，如极乐世界。谁若进入香巴拉，就能看到四周有双重雪山环绕，形如八瓣莲花。

昨夜下了场小雨。古老的长街积了潭水，在晨光映照下闪耀

藏式壁画(倪黎祥 摄)

着幽微的光泽，一路走去，如同人在小河缓缓漂移。老宅旧屋飞檐翘角，色彩迥异，却又风格和谐，如同饱经世事的老人在娓娓叙说着岁月的沧桑。古城中100年以上的建筑有50多处，一些老宅被改造成酒吧、客栈，一家家数过去，有玉月阁、甸腊卡、家有客栈、康巴咖啡……

我挑了一家藏式酒吧坐下，在宽敞明亮、做工精细的藏式火炉旁，呷一口香茶，一股暖流在腹腔涌动。一个脸色透红、神采奕奕的藏族服务生走了过来，我与他攀谈了几句："你是藏族人？""是的。""叫啥名字？""勒安旺敦。""是什么意思呢？""藏语中'勒安'象征五佛，'旺敦'是智慧福气的意思，母亲在古城后山的大宝寺求子而得我，就帮我取名'勒安旺敦'。"

出了酒吧，天色已经微黄。行走在古城石板道上，漂亮的藏式小楼坐落在蜿蜒狭长的街道两旁，穿着藏式服装的姑娘在小巷穿行；偶尔有一两只狗从石板路上跑过，窜进后山的田间；还有母鸡"咯嗒，咯嗒"地叫，不远处传来"啾啾"鸟鸣。抬头看去，家家户户的门楣都镶嵌着不大不小的石板，雕刻着蕴含着寓意的民族图腾及文字。还有的门楣贴着对联，内容大同小异，都含有祝福、赞颂和讨意头的意思，如"春回芳草发新芽，雪融红梅呈异彩""旭日融合山清水秀，政策明达人杰地灵"。

低头一看，石板路上满是深深的蹄印，我像个顽童似的蹲下身，凝视着，抚摸着，那些消逝于历史深处的故事，似乎就藏匿在这里；耳际，仿佛听到马帮商队的马蹄声和铃铛声，自遥远的天边动地而来。

2014 年 3 月 23 日

第二十章　信仰至高无上

抵达香格里拉的第二天，我立即坐上大巴，去了趟松赞林寺。这是一座与西藏布达拉宫外形相似的喇嘛寺庙，在洒满阳光的南坡，殿堂与僧舍依山势而筑，白墙红瓦，鳞次栉比，颇具气势。寺院的大门高高耸立着，洞开着，向大地苍生传递着古老而神秘的气息。

在松赞林寺见到的一幕，让我对天人合一有了更直观的感受。抬步走上层层石阶，穿过寺院大门、幽暗甬道，我向大殿深处径直走去。大酥油灯明明灭灭，扑朔迷离，经幡如森林自高空直挂而下，喇嘛们盘坐在蒲团上，在经幡森林中念咒诵经……低沉而含混的诵经声传递着某种神秘的力量，那是一种我暂时未能企及的“般若”，它悠悠传向四方，直抵上空，天界与凡间在这一刻仿佛交融在一起。忽然，诵经声戛然而止，那一刻，周围寂

诵读经文的喇嘛 （倪黎祥 摄）

静无声，我仿佛听到自己心脏的“扑扑”跳动，一种朦朦胧胧、似有若无、来自远古的神圣召唤，正缓缓注入我的灵魂深处。某一刻，我不知自己身归何处，眼前的世界突然幻变，变得神圣而辽阔，迷离又苍茫。

人在大都市生活越久，越可能迷失在万丈红尘中，才有幡然醒悟者跑到香格里拉，远离尘嚣，寻找自我救赎之道，一如后来者依据小说《消失的地平线》的线索，找寻现实中的香格里拉秘境。

走出大殿，我深吸了一口气。极目眺望，风吹动高处的经幡，经文飘弋，飒飒作响，更无余音，一种圣洁的感动自心底翻涌：人生在世，信仰至高无上。

2014 年 3 月 25 日

第二十一章　遇见

接连几天，我独自在香格里拉周边游走。

“……广坝无垠，风清月朗，连天芳草，满缀黄花，牛羊成群，帷幕四撑……炊烟如缕，恍若武陵渔父，误入桃源仙景。”这是某位文人对香格里拉的描述。在我眼中的香格里拉，是“此景只应天上有”：纯蓝的天空、洁净的云朵、明亮的阳光、茂盛的植被、广阔的草甸、澄澈的湖泊、壮实的牦牛、炽烈的鲜花、青嫩的水草，松赞林寺的佛光塔影、百鸡寺飞舞的经幡、龟山顶金光灿灿的巨大吉祥胜幢、藏经堂千手千眼观音慈祥的微笑……

跟所有风景秀美的地方一样，香格里拉有着说不尽的故事。这片土地，这段历史，这种文化，被那部由英国人詹姆斯·希尔顿撰写于20世纪30年代、名噪一时的长篇小说《消失的地平线》神奇勾连：香格里拉原名中甸，经专家考证，小说描述的神奇之

香格里拉

地，原型正是中甸。2001年12月17日，中甸更名为香格里拉。我也随身带着这本小说，每到一个地方，就翻开书本将它与小说描述的情景对应一番，有时会像发现新大陆一般心生欢喜。

将周边有名的景点都转了个遍，觉得有点累了，这天我不打算出远门，便睡了个懒觉，醒来后在床上又躺了半天，下午才走出客栈，在古城内随意闲逛。

我踱进一家名为“康巴宝刀”的店铺，店主迎上前来，他是一个身形彪悍的康巴汉子，对我说了一声“请随意”，便又在旁躬身坐下，但我隐隐感觉到，他充满自信的目光一直追随着我的身影。在一款造型别致的宝刀前我停下脚步，细细端详着这款宝刀：刀把镶嵌了红玛瑙和蓝宝石，刀锋的冷峻与刀把的柔美相互映衬，煞是好看。康巴汉子起身说道：“这是手工做的，祖传手艺，好着呐！”然后，他从墙上取下几把外形相近的藏刀一一打开，热情地给我讲解它们之间的异同。这倒让我有点不好意思，自己并没有买刀的想法。康巴汉子似乎洞穿我的小心思，安慰我说：“没关系，可以不买，给你讲讲我也是蛮高兴的。”

向康巴汉子道了谢，走出店铺，走向古城深处。在一座四方楼前宽大的院坝里，人们挤在一个小食摊前，买一种用青稞做的软软的食品，吃法有点特别，要将其裹进一张大饼中再吃。相隔不远的地方，几个藏族妇女分坐在一家香巴拉民族工艺店门前，有的缝着牦牛皮钱包，有的绣着花红，有的纳着鞋垫……

在高高的青石台阶坐下来休息。阳光照耀着古城，街道、木楼、行人，都被这暖暖的阳光镀上一层暖暖的金黄。我的目光停留在那些藏民身上，他们身穿的民族服装不是刻板印象中的青与黑，而是十分的鲜亮，尤其是那些妇女，头顶都有一块或粉红或大红的头巾，衣服更是五颜六色，鲜艳夺目。他们随意行走在街上，阳光打在他们身上，仿佛晕染了七彩的波浪一层层荡漾开来。

拥挤的街道上，一个中年男子的身影吸引了我的目光。只见他一身迷彩军服，浓眉朗目，高大挺拔，牵着一头藏獒，从我跟前阔步走过。

此人相貌堂堂，气宇不凡，不期然出现在这偏远古城，难免让人感觉有点唐突违和，如同一道气浪袭来，让我产生一种眩晕感。与此人似曾相识，但心里明白不可能与他曾有过交集。我与他最终擦身而过，但他的出现让我觉得，香格里拉真是邂逅他人的奇妙之地。

转过一个街巷，看到一个藏族小伙子在香炉边细心雕琢着玛尼石。只见他笼罩在淡淡青烟之中，神情十分专注，眼睛逼近石块，眼镜差一点儿抵在其上。他的双手沾满白灰，左手握一根半尺长的錾子，右手持一把小钉锤，轻轻敲打着，錾子在青石块撞出白色粉尘，洒落在底下的木垫上。然后放下工具，双手托起石块，用力吹去黏附的灰尘，拿起毛笔，将彩色颜料依次涂抹进那些图案和符号里。

藏族小伙子雕凿的玛尼石大小不一，有的只刻字码，有的则刻了图案。我挑了一块较大的玛尼石，放在手心细看，只见玛尼石的顶上左右两边刻着月亮和太阳，下面刻了一行小字符，再往下的正中间，横刻着一行六个大字符，分别涂成白蓝黄绿红黑的颜色，底下再刻一行小字符。我问埋首涂字的藏族小伙子那是什么？他这才抬起头，脸上满是虔诚，说中间六个大字符，就是六字真言“唵嘛呢叭咪吽”，其意是“阿弥陀佛”。雕刻时，他嘴里念念有词，原来他反复念叨着的正是这六字真言。

看着那张呈现高原红的脸庞和那双紫红色的双手，我敢肯定，从他手里敲打出来的玛尼石，应该可以堆成一座小山了，这可不是一件轻松的活儿，如果不是内心有着虔诚的信仰，要长久坚持绝非易事。

我挑选了一块刻有日月之神和六字真言的玛尼石，藏族小伙

雕刻艺人

子随即双手托着递到我手里，并教我诵读六字真言。我把这块玛尼石用哈达包扎好，后面的行程一直背在随身的挎包里。

与藏族小伙子话别后回到客栈，我的脑子里竟然全是热情的康巴汉子、伟岸的中年男子和虔诚的藏族小伙子的身影，他们让我想到了自己的父亲，一个做人坚忍、做事严谨、不求功名，淡泊明志的书生。

虽然同在云南，但自己忙于客栈生意，与父母很久未曾谋面了，此刻不免思念起他们。临睡前，一首诗歌一气呵成：

父亲

你在闷头吸烟
烟雾缭绕，遮掩了半张脸
仿佛大山深处袅袅云烟
遮盖了半座大山
一同遮盖的
还有人世间的沧桑

你的神色如同大山的暮色
眼睛时而眯缝，时而微张
眯缝时，好像大山困倦得沉沉睡去
微张时，却见血丝满布
我想象着，那是快要隐没于大山之巅的
一丝丝血色云翳

你紧抿的嘴唇始终不发一语
沉默得有如夜半的死寂

你紧锁的眉额

是大山层叠的裸岩

你满脸的皱纹

是大山纵横的沟壑

你站立的体态

映衬出大山的海拔高度

你瘦削的背影

勾勒出大山的嶙峋轮廓

生活如山

父爱如山

大山的模样

就是你的模样

2014年8月27日

第二十二章 “梅里往事”的幻灭

从独克宗古城出发，翻越群山峻岭，前往梅里雪山。途中，我竟然遇到了“梅里往事”酒吧——名字与一篇曾广为传诵的散文标题相同的酒吧——正是这篇散文，唤醒了我对爱情的憧憬和向往。

那时在念大一，曾在一本杂志上读到一篇题为《梅里往事》的散文，讲述了一则凄美动人的爱情故事：一个天性喜欢冒险的男孩征服了世界上很多的高峰，当他攀登梅里雪山时，却因雪崩不幸遇难。女朋友为了怀念他，在雪山对面开了一间“梅里往事”酒吧，每个清晨与黄昏，女孩都怀抱吉他，低低吟唱，轻轻倾诉，以此缅怀逝去的男友……在那个情窦初开的花季年华，这篇美文曾以怎样一种雷霆万钧的力量，叩击过一个女孩最柔软的心房，让她瞬时热泪盈眶。我曾经想象，会是怎样一个优秀的男孩，让远离故

丽江酒吧一角（倪黎祥 摄）

土的女孩愿意为其独守忠贞？会是怎样一个纯洁的女孩，甘愿为知心爱人如此执着深情地活着？人世间最深沉感人的爱情莫过于此了吧？！

我曾扪心自问：换作自己，也能像那个女孩一样坚贞不渝吗？我清楚记得，当年的自己毫不犹疑给出了肯定的答案。在那个信奉理想主义、爱情至上的年代，一种源自内心深处的力量在悄悄生发，一颗渴望爱情的少女之心在蠢蠢萌动。

然而，随着年岁和阅历渐长，我发觉人们变得越来越现实、功利和物化，不再坚守理想，不再相信爱情，而是任由物欲横流，追逐感官刺激，“不在乎天长地久，只在乎曾经拥有”成了一些人的人生准则和信条。

有一部前苏联电影《乡村女教师》，讲述的是女主人公为了爱情，甘愿舍弃大城市的优渥生活，跟随丈夫回到乡村，当一名乡村教师的故事。这部电影曾经深深震撼我的心灵，女教师利他忘我、富于牺牲的精神也让我感动得泪湿衣襟。曾在广州一个聚会场合，我问过众人一个问题：如果你是乡村女教师，是留恋都市，还是追随爱情？众人竟然无一例外选择了前者！这答案既在意料之外，也在情理之中。到底是纯粹的爱情至上还是物质功利至上，人们的选择从来不可能一致，这是无法回避的现实难题，既与社会变迁造成的生存压力、情感疏离有关，也关乎每个人的价值坚守。但我始终深信，人世间是存在真正的爱情的，差别在于是否能有幸遇到，以及是否具备掌控的能力。

随着世俗社会的观念变迁，即便身处丽江、香格里拉这些所谓的当代世外桃源、人间净土，也难以令人独善其身。因为开客栈的关系，我曾见证一些青年男女守望爱情的感人故事，也遇见过一些蝇营狗苟、偷鸡摸狗的宵小之辈。

其实，每个人都以自己的生活方式、道德准则和行为规范处身立世，作为成年人，只要对自己的行为与后果负责，又不对他人造成伤害，任何抉择都无可厚非，我不想站在道德制高点上对此求全责备，能做的就是洁身自好，绝不掺和吧。

我走入“梅里往事”酒吧，想认识那个多情而忧伤的女孩，却被一位正在调酒的服务生坦率的回答惊呆了——老板和老板娘在楼上睡觉，还未起床哩！看他那副若无其事又略带揶揄的神情，估计被这盆冷水兜头浇醒的人绝不仅仅是我。

这趟与“梅里往事”酒吧的不期而遇，戳穿了一个被人刻意编造的美丽幻象。人，应该在复杂多变的现实中保持清醒，还是沉溺在别人编织的美丽谎言中不愿醒来？相信每个人自有其选择。

这晚，我在客栈里辗转反侧，难以入眠。望着窗外如水的夜色，我用纸笔记录下自己的心声：

距离

绚烂的彩霞
走近了
原来是一簇灰白的云

美丽的油画
走近了
原来是一团斑驳的色
迷幻的蜃景
走近了
原来是一缕缥缈的烟
远方神秘的女孩
走近了
原来是一个平凡的山妹子

美
原来是因为距离

2014年10月19日

第二十三章　不药而愈的秘密

前来丽江的人都是哈姆雷特，一千个人有一千种理由。有人喜欢它的蓝天白云，有人留恋它的慵懒随性；有人是为了遗忘，有人是为了疗伤。

丽江那种天人合一、与世无争的氛围如同灵丹妙药，确实能让一些人不药而愈，这种现象耐人寻味。

如果仅以生活舒适度和物质丰富性而言，丽江与国内大多数城市相比仍有不小差距，但生于斯长于斯的纳西人却安之若素，一以贯之的闲适、悠然、自得。许多都市人一旦到了丽江，也会立马如释重负，转换心情，暂时获得一种逃离都市、压力顿减的愉悦。

这是为什么？

人类从荒蛮走向文明，收获了丰富、多元、繁荣的文明之果，同时也滋生了膨胀、破坏、堕落的罪恶之花。物质欲望若

纳西孩子的笑脸（倪黎祥 摄）

不加节制，任其一味疯长，就如同从潘多拉魔盒里释放出来的魔鬼，只会扰乱人的心性，浪费社会资源，令人类社会步入种种误区。最可怕的是，这种欲念能将人类最应珍视的灵性给遮蔽掉，身处迷途而不知返。

于是乎，一个没有攀比、没有纷争、没有冲突，宁静祥和、达观乐天、知足常乐的精神家园，成了当今世人四下寻找、趋之若鹜的香格里拉。人们相信，香格里拉，是一条重回人类精神原点之路，是一条通往心灵富足之路。

想起一位哲人说的：生活既丰富，也简单。一个人幸福与否，其实与物质的获取多少并非正相关。

爱上丽江，与这里每天如同过节的氛围有关。在丽江，纳西人的气质禀赋、生活方式、处世之道都与外面的世界迥然有异，却与大自然息息相通、天人感应。

时间赋予丽江鲜活的生命，山水描画了它的色彩，音乐倾注了它的灵魂。

彩云生处是丽江，丽江的节日和歌舞，犹如朵朵彩云，为丽江抹上了缤纷色彩。纳西的传统节日中，最隆重的是“三朵节”。“三朵”是纳西民间传说中的战神，被纳西人视为保护神。“三朵”身披白铠甲，头戴白盔，手持长矛，脚跨白骏马，驰骋千里，出

纳西爷爷“阿罗”（倪黎祥 摄）

生入死，时刻守护着纳西人。东巴古籍记载，“三朵”属“羊”，故每年农历二月初八和八月第一个属“羊”日，纳西人都要用羊牲隆重拜祭。20 世纪 80 年代，当地政府将农历二月初八确定为“三朵节”。每逢这一天到来，男女老少皆身着盛装而来，或游青踏春、观花赏果，或载歌载舞、击节相和。这几年的“三朵节”多了许多外地游客前来观礼。

在丽江，许多少数民族都过火把节，其中尤以彝族和纳西族的最为壮观。彝族火把节在每年农历六月二十四日举行。家家户户杀猪宰羊、做粑粑以祭祖，展开赛马、摔跤、斗羊、斗牛、斗鸡等活动。当夜幕降临，人人手举火把，先绕自家房屋一圈，再游走于田野山岗。之后，将火把聚拢于一处，众人围着火堆，一边跳火把舞，一边尽情欢歌。纳西族的火把节要连过三天，从农历六月二十五日直至二十七日止，每当夜晚来临，丽江古城大街小巷火把齐明，一只只孔明灯冉冉升上夜空，有如漫天星辰，人们也欢聚一堂，唱歌跳舞。

我在丽江生活的时间不长，又忙于客栈事务，除了春节，还没有体验过当地的各种节日。听说当地还有棒棒节、朝山节、他留粑粑节等传统特色节日。假以时日，我倒是很想见识一下这些不同的节日。

当地傈僳族的春节习俗据说就很有特色，春节被傈僳人称为阔时节，是他们最隆重的传统节日。从农历十二月二十四日开始，这天清晨各家男主人走上屋顶，用乌木树枝打扫尘土，接着清扫内室，修理锅灶，以茶酒祭祀锅灶神、天地菩萨及祖先。次日，清洗衣被。之后两天宰杀生猪。三十日上午，先由一位德高望重的老人鸣炮，各家男主人再次走上屋顶打扫尘土，再扫内室，然后各人洗头。洗头时，面朝东方或东北方，口诵辞旧迎新的吉祥语。洗毕，制作年饭（年饭为12碗菜肉，象征一年12个月），全家团聚吃年饭，鸣放爆竹。此后禁讲汉语，禁串门。正月初一，第一声鸡鸣后，全村齐齐燃放爆竹，各家争相烧香拜祭天地神明。女人争先恐后跑到泉边或江河取水，以求福禄。剩下的时光，就是男女老幼身着盛装，汇聚一起，欢歌曼舞，以此欢庆新年。

丽江，与我极为喜爱的国度西班牙颇为相似，都是以丰富多彩的喜庆节日闻名于世。人们常说一个爱笑的人招人喜欢，我想歌舞升平的一方土地亦然。

2014 年 12 月 19 日

第二十四章　盛装而舞

在丽江，纳西女子的装束说不上最美，却极富特色。未婚的姑娘爱梳长辫于腰后，戴个头帕帽子；已婚女性则挽发盘髻，喜欢戴蓝色帽子，配一两样饰物。

我曾专门研究过纳西女子的传统服装样式：上身为宽腰大袖的袍褂，前幅及膝，后幅及胫，前短后长，穿时将袖口卷起到肘部，外加坎肩，下穿长裤，系以用黑、白、蓝等色棉布缝制的百褶围腰，从腰至膝，形如扇子，穿船形绣花鞋。在领、袖、襟等处绣有花边，朴素大方。纳西人以黑为尊，老着黑，少穿白。纳西少女穿的多是白袄红夹，色调明动艳丽；年老的妇人则是清一色的玄衣青夹，清清静静，沉稳端庄。

丽江人过节有两个关键词：一为身着盛装，二为载歌载舞。盛装出席是载歌载舞的前提。

作者与两位纳西少女（陈韬 摄）

无论老少，肩披一块七星和日月图案的羊毛披肩，是纳西妇女服饰最有特色之处，“披星戴月”之名便是由此而来，寓意纳西人勤劳辛苦。

盛装而来，自然要尽兴而舞。载歌载舞是当地人源于天性的表达形式，这种禀赋是与生俱来的。每逢重大活动或喜庆佳节，纳西人都要跳起“啊哩哩”“哦热热”“勒儿巴舞”“甲搓舞”或“磋磋舞”以表达喜悦之情。“哦热热”这种流传于纳西民间

欢乐的纳西人（倪黎祥 摄）

的传统歌舞极具气势，演唱时伴以简明而粗犷的舞步，歌声高亢嘹亮，舞步节奏明快，令人仿佛回到了遥远而悠然的牧歌岁月。

“啊哩哩”在纳西人中流传最广，妇孺皆识。“啊哩哩”曲调是根据“啊哩哩”传统口弦调和纳西族民间音乐《白沙细乐》中的《啊哩哩金拍》乐曲加以制作发展的一种新的完整的民间歌舞，曲调旋律优美，节奏欢快有力。演唱时，大家手拉手，一人歌唱（或者二人对唱），众人相和，循环起舞，通宵达旦。

当地作家夫巴在其著作《纳西人》中记述了儿时见过的情形：“到四方街，见满场点着松明火把，人们围成几个圆圈，手拉手团旅共舞。有纳西人，也有普米族人、藏族人，各唱各的调，各跳各的舞。纳西人喜欢跳‘啊哩哩’‘打劳丽’；普米族人爱跳‘含摆舞’；藏族人爱跳‘锅庄’；而白族人，世居丽江东坝，装扮与大理稍有不同，一般紧身装束，头帕在后边竖起一个尖角，大家称之为‘小白兔’，喜坐在大石桥两边，唱婉转的白族情歌。”

纳西人以歌舞欢度节庆，既抒发了纳西人蕴藏心中的美好情感，也是对自己辛勤劳作后的一种慰劳和嘉奖。

2015 年 8 月 7 日

第二十五章　丽江化生存

丽江是“隐士”的江湖。

丽江何以成了社会精英逃离现实、归隐田园首选之地？大抵是源于其风光旖旎、得天独厚的自然环境，纳西人淳朴善良、包容多彩的社风民情，以及安于一隅、与世无争的人情世态吧。

每一个眷恋丽江的人，都是有故事的人。在此笔录的多是一些道听途说的人与事，也有一些是经熟人口述的，或者是我在丽江亲见的陌生人故事，算是给自己选择到丽江生活的初衷作个旁证。

故事一：丽江“三剑客”

那个卖掉四川的公司过来丽江开店的大江，一年里不下二十次去束河、泸沽湖，着魔般行走在那些古老的村寨，他说自己的心灵如同吸氧般畅快……

老磨坊客栈的 Peter 苏每年有半年时间在丽江之外晃荡，待在丽江那半年，也特别忙，忙着读书，忙着走访老纳西，忙着请客栈的客人喝茶，忙着开发丽江周围新的徒步路线……

济州馆的老板是朝鲜族人，他放弃了世界 500 强企业高薪职位，一路南下到丽江，做起了韩国料理，据称生意甚为火爆……

然而留恋丽江的，又岂止这“三剑客”。

故事二：“怪人”布农

布农是一个典型的新丽江人，将丽江视为人生的归宿。尚在广州生活时我就已经关注到他，那时他开设了微博，写关于丽江的生活，简洁而隽永的文字让人印象深刻。读过他写的一篇关于丽江闹鬼传闻的短文，区区几十字，却将传闻描绘得活灵活现，让人惊悚之余，会心一笑。

想不到有一天我们在丽江不期而遇，才知道布农在丽江名气不小，除了以写微博出名外，更多人是通过那些据说能给人带来好运的“布农铃”认识他的。1995 年布农沿着著名的滇藏茶马古道徒步或骑马一路跋涉到西藏拉萨，历时三个多月，行程 1900 多公里。一路上马铃声过于单调，布农便从地上拾起两片木板，画上澜沧江的梅里雪山，系于马铃上，据说这一自制的“布农铃”沿途受到 9 位活佛的开光保佑，后被视作吉祥平安的象征。“流浪”到丽江后，布农开了一家小店，专门售卖用横断山脉的珍贵木材绘制的“布农铃”，算是在丽江束河安居下来。

我曾去过位于丽江古城大石桥边的布农铃店，那间门面并不大，悬挂着的“布农铃”匾额下，一串串青铜马铃垂坠着，风吹铃响，清脆的铃声飘荡在古城巷陌间，如同千年茶马古道的回响……

当然，生性不安分的布农仍然喜欢云游四方，2005年与他的灵魂伴侣结合后，人生轨迹又转换成“丽江—北京”双城记。

我到过他的小院，简单质朴，不事雕饰，浑然天成。小院砌有不高的院墙，将世间纷扰阻隔在外。在别人眼中，他是一个特立独行的“怪人”：在他人挤破脑壳都要弄个城市户口的当下，他却偏要将户口迁至附近的农村；平时他也会一个人出来，找寻时人口中所谓的“落后”景观。布农经常口出金句，比如说丽江像一个澡堂，穿着衣服来的人，在这里自动地就把衣服给脱

夜色下的大研古城（倪黎祥 摄）

了……当然大家都明白，他说的不是指脱去身上的衣服，而是灵魂的放飞。布农与爱人每天最乐意做的一件事，就是每当黄昏来临，待在束河新建的小院里，俩人四目相投，意念相守，仿佛在爱河里静静地沐浴……最近听说布农又开始厌倦这种程式化的生活，想逃到没水没电的山里去。

故事三："书虫"店家

记不清是哪一年故地重游，有点兴奋莫名地四处游走，见到一家客栈门面有点特别，便走进去察看一番。

居于花园之中的那间大书屋教人印象深刻，占据了整整四面墙壁的书架都被书籍占满。店主闻声而至，印象中的店主人是一个理着平头、四十出头的中年人，一身书卷气。他一边给我们介绍客栈，一边回答我们提出的一些问题。他自我介绍说是江苏人，原来是IT行业的，攒下点钱，但觉得这行当太累太卷，想过逍遥一点的生活，便变卖资产移居丽江，这些书籍都是他从老家搬来的。临别时，他说的一句话我至今未忘，他说像我们这样的人才是国家栋梁，而他江郎才尽只好退隐江湖了。回头看他的神情，一副阅尽沧桑、波澜不惊的淡然模样。

仅仅一面之缘，已约略可知他是个经历风雨、见过世面的人，多少有点替他惋惜：此人正当盛年，何以早早退出职场，转换人生赛道，不远千里来到丽江定居？作为匆匆过客，我无从探究其内心的真实想法。当我年岁渐长，蓦然回首，不禁惊觉：当时的不解，只因自己太年轻，不懂生活之艰难、人世之复杂和人生之无常。其实，人生不存在最好的模式，只有合适与否。一个人，只要不伤害到别人，就可以选择自己认为适合的方式度过余生，可以积极入世，也可以消极出世，有何不可？余生不长，让内心得到真正的平衡和快乐最重要，何不趁自己有能力时，听从内心的召唤，按照自己的意愿，选择要过的生活呢？

也许这正是丽江让人迷恋之处，可以让人在某一刻放松下来，过上一种近乎纯粹的没有太多物欲、没有太大压力和束缚的生活。

故事四：丽江“林青霞”

一天，闲来无事，约了位男性友人在束河古镇一家客栈的户外餐厅用餐。

微风轻拂，流水潺潺，阳光透过树梢温柔地洒落身上，印下斑斑驳驳的影子，一派明媚夏日的惬意时光。心为物役，用餐间隙，我慵懒地往边上的躺椅一靠，趁暖阳高挂，好好享受一番。偶然的一瞥，却见到身旁坐着一位中年女士，模样有点儿像台湾大明星林青霞，顿然来了兴致——大美人的魅力是连女人也难以抗拒的。只见她时而正襟危坐，纤纤玉手夹着一支香烟，优雅吸吮，作沉思状；时而起身走入餐厅，踅回后又端坐桌前，打开笔记本电脑处理事务，举手投足之间尽显沉静典雅风范。起初我们都以为她是这家餐厅的主人，我的那位男性朋友更主动与她攀谈了几句，她的态度略显矜持，漫不经心地敷衍着友人的搭讪。

友人恭维她长得像林青霞，对此她不置可否。我心里暗想，这个美人坯子，年轻时搭讪者、赞美者甚至追求者恐怕不乏其人，对友人这类萍水相逢的搭讪客，她早已见怪不怪了。问她可是这家客栈老板娘，她矢口否认。我想她即便不是，看她在这家餐厅的举止，与店主人的关系也是非同一般吧。

随着对话的深入，她的戒备心似乎有所松懈，才得知她来自台北，做生意的，一年中会在台湾、丽江两地穿梭往返。身居台北是作稻粱谋，而待在丽江，是觉得可以在这里发呆。台北与丽江两者之间，她对后者更加偏爱。

过后，我与友人谈了一点个人见解：一个人，从熟悉的生活环境中暂时抽离开来，要融入另一个完全不同的陌生世界中，起码说明以下几点：其一，这是觉悟者的抉择。此人可能厌倦了原来的生活模式，选择逃离，但碍于一些因素（家庭、情感、工作等），暂时又无法一下完全改弦易辙，便会退而求其次选择暂时的逃避，一边游移于两者之间，一边静待变化再作决断；其二，这是一种有产者的游戏。此人必定有相当丰厚的物质基础，否则，以这种两地往返节奏，开销非一般人所能承受；其三，这种人生游戏结局不明。也许选择逃避只是暂时性的，或只是作为一种平复心情、疗愈伤痛的过渡，最终的选择到底是回归原有轨道，还是彻底看破红尘、逸世而居，都未为可知。

千年束河古镇犹如一面多棱镜，让我得以从中窥见人生百态。

故事五：成都夫妻

那是坐落在古镇一条深巷的一家民宿，沿窄窄的石板路一直上坡即可抵达。院子外面看似朴实无华，推门而入发现有个大院落。院子里拴着一匹马，中间悬空架设了一张摇椅，坐在摇椅上，晃荡于丽江明丽的阳光下，自有一种在逼仄都市难得一寻的惬意与欢愉。推窗眺望，可以一睹束河古镇风貌一角。晚上夜幕拉开，走出二楼过道，一抬头，即可望见满天繁星！

空闲时与客栈老板娘聊天，得知她来自四川成都，她的丈夫是某大媒体的一名干部，与我是同行。前两年她退休了，与丈夫琢磨，前来丽江寻找做生意的机会，最后看中束河方兴未艾的旅游业前景，决定由她先出来打拼，而丈夫有空时，也会从成都飞来丽江帮忙。打算过两年等她的丈夫退休了，夫妻团聚丽江，合力经营这盘客栈生意。

离开束河那天，我从外面游玩回到客栈，见到一个干部模样的中年男子正在院子里忙活，观察其与老板娘的体态互动，我估摸此人正是老板娘的丈夫，与其对视几秒后，我默然作别。

其实在内心深处，那对夫妻令我心生羡慕。采菊东篱下，悠然见南山，这种归隐田园的人生理想，正是中国人几千年来一直在苦苦追寻的，而他们夫妇俩却已经在践行了。

在丽江，人是最精彩的故事。一个人一辈子，不在于获得多少功名利禄，而在于内心的安定与精神的富足。弱水三千只取一瓢，良宅万间只睡七尺。一个人处身立世，若能寻得一处归宿安顿身心，幸得一人“执子之手与子偕老”。一蔬，一瓢，一日三餐；一隅，一床，一生伴侣，足矣！此生无憾！

2015 年 11 月 15 日

第二十六章　丽江蒙垢

外来商业文明给丽江带来繁荣的同时，也滋生了诸多乱象。根据我的亲身经历及旁人的见证，我总结出丽江“七宗罪”：

其一，清流变浊。

丽江古城的灵魂是水。家家临水、户户垂柳这种江南特有的水乡景致，竟然如同被施了魔法一般出现在这个高原小城。整座古城呈现的玉沟纵横、活水长流的布局，正是丽江明显区别于国内其他古城的重要标志，也成为其申报世界文化遗产的重要理据之一。

纳西人爱水惜水，如同爱护自己的眼睛。在丽江有一条连三岁小孩都懂得遵循的不成文公约：每天早上8点以前只能洗菜淘米，中午12点后才能洗衣服，下午2点以后才能洗拖把。这个公约的形成与当年造城者巧妙地调用雪山融水有关，来自玉龙雪山的

浣衣女子

融水流向城头双桥下时，分作三汊，穿街过巷，再细分成无数支流，如同人体的经脉，流经千家万户，构成了居民洗菜用水最远不过50米的格局，堪称便利。

然而，近年来随着外来人员的增多，古城清流的水质却在不断恶化。专家分析，导致水质污染的主要原因，是过多的人流量对水系自身净化构成了严重威胁。据环保监测数据显示，古城总体水质只能达到三类水标准，在下游部分地区，甚至低于五类水标准。

外来人员与一些游客的不文明行为更成了破坏当地世代沿袭风俗的“罪魁祸首”，造成公害。一些新迁入的外来人员缺乏社会公德，白天不分时段在河里洗拖把，丢垃圾，趁夜深无人时，往水里偷偷倾倒痰盂；临水民居大多被辟作客栈、食肆，有的厨房污水不经处理就直接排到河里；更有一些游客随手就将垃圾抛到河里。作为“东方威尼斯”的丽江古城正日益遭受污染，不堪重负。

其二，无知亵渎神山。

丽江人不仅珍视清流如同生命，对清流源头玉龙雪山更是膜拜，视为神山，对损毁神山的行径深恶痛绝。

曾有游客登上玉龙雪山后，嫌风雪交加气温太低，遂向当地工作人员投诉。为安抚旅客，景区人员点燃篝火，任由旅客围着火

玉龙雪山脚下的林荫小道

堆取暖，玉龙雪山竟然变成了营火会！玉龙雪山植被丰茂，稍有不慎，即有被祝融光顾之虞，祸及神圣雪山。

其三，难寻原生态。

丽江古城最吸引游客的，除了绮丽风光、纳西古乐、东巴文字，还有它的古朴宁静、慢节奏以及与世无争的生活情状。想当年，在古城幽深僻静的深巷，随处可见纳西老人，他们三五成群玩着一种古老的纸牌游戏，或与狗儿做伴悠闲地漫步其中，或独坐屋檐下静默不语。

可如今，随着夜幕降临，悬挂于河边的饭馆、酒吧的红灯笼渐次亮起，古城里一派灯红酒绿的不夜城景象。小巴黎、樱花屋、布拉格咖啡厅……那些酒吧和咖啡厅形形色色的名字，已经与原生态的丽江相去甚远，连我给自己客栈起的“雅努斯之门”的名字，也成了毁坏原生态的“帮凶”，这倒是我始料未及的。

都市人潜伏于内心深处的焦虑、不安和浮躁的情绪，本应在古朴自然的丽江得到安抚和治愈，可现在，却反而被刻意放纵放大。君不见，雷鸣一般震天响的摇滚乐从那些酒吧呼啸而出，连空气仿佛都在颤抖，在丽江夜色的映衬下，人的面目越发狰狞可怖。

其四，街市“挂羊头卖狗肉”。

丽江古城的店铺里售卖的商品不是千篇一律，就是毫无地方特色。有的店主人从外地倒腾回来一些工艺品兜售给游客，有的店铺出售的虽然是本地文化产品或纪念品，却因为对本土文化缺乏基本了解而错漏百出，比如街头卖得红火的各种东巴文化衫、壁挂等饰物就是如此。生态学者李波对此批评道：“走在古城街道上，你看到的是一幅与真实纳西人无关或变异了的旅游商品交易图。”此语一针见血。

其五，旅游“陷阱”多。

丽江旅游的“陷阱”几乎难以避免：旅行社擅自变更旅游行程，或未经商榷随意安排游客参加购物活动；有的游客抱怨说自己吃到了假的牦牛肉，价格却贼贵；马路上跑的载客面包车收取客人的费用畸高，让人咋舌；旅游景点兜售生意的骑马项目费用之高，同样有可能令人骑“马”难下……有一位游客在店里跟我闲聊时，曾心有余悸地谈起过，有一次在街上截了一辆的士前往当地按摩店，谁知却被拉去了一间有色情嫌疑的场所，他得知真相后欲抽身离去，却被几个貌似打手的人堵住去路，并被勒索高价，差点儿脱不了身……

其六，“黑导游”变相“宰客”。

听过太多入住客栈的游客抱怨：有的导游采取欺骗的手段，变相强制游客购物，若有不从，轻则被骂，重则挨罚，游客怨声载道。一位客人曾向我吐槽自身的遭遇：那趟行程，带团的导游长发披肩，个性豪迈，自称身上流淌着纳西族和藏族的血液。他像个摇滚歌手，在旅游大巴车上不时亮上一嗓子，或插科打诨一番。起初颇得众人心，可一路上他向游客反复强调购物之于导游的重要性，众人逐渐识破他的司马昭之心。每到购物环节，他就转换成另一副面孔，彪悍蛮横，并常常语带威胁。一天，他将旅行团带至一处天然螺旋藻售卖点，见大家无意购买，他顿时脸色阴沉，公然厉声质问众人。有游客硬着头皮从他身边走过，不免感到胆寒。后来他几乎是怒吼着，喝令众人上车，余怒未消之下，又是一番“语重心长”的诉苦，车上气氛凝重，众人像是做错了事的孩子，连大气都不敢出。下一个旅游点就是束河古镇，导游在车上宣称，他会带大家去一家专卖牦牛肉干的商店，那是他与朋友在这里合伙开的，随后他又正话反说道：牦牛肉干是如何的新鲜美味，每人限购，千万不要多买云云。有了前车之鉴，众人只好乖乖就范，纷纷解囊。

其七，过度商业开发。

这是最为众人诟病的，急功近利、唯利是图的治政理念，也是导致今天许多问题积重难返的深层根源，让世人备尝苦果。在这里就不作赘述了。

…………

这样的乱象不胜枚举。人们有理由担心，蒙垢的丽江，还是原来的丽江吗？

2015年12月29日

第二十七章　大道至简

平日里我极少谈及客栈的生意，皆因客栈的大小事务太过琐碎，也有点儿无聊。几年下来，我总结出一个经营心得：客栈运营其实是一盘“表里不一”的生意。表面看来平淡无奇，内里却有着不足为外人道的大学问。

很快我就要结束在丽江的客栈生意，跟随丈夫全家移民加拿大了。今天姑且来番“年终盘点”吧。

真的是一言难尽！

在远离世俗的小镇，租一方小院，开个客栈，闲时晒晒太阳，种种闲花，理理野草，逗猫遛狗；又或者约上三五知己，煮酒烹茶，诗酒歌舞，快意人生……在丽江开客栈民宿，似乎最能诠释这种生活的惬意美好。

实际上，开客栈民宿可没这么简单，还真是挺不容易的。

丽江客栈(倪黎祥 摄)

况且，民宿、客栈具有居家服务的特性，麻雀虽小，五脏俱全，注定了经营者事无巨细皆须亲力亲为，上房修瓦下厨做饭，修剪花草疏通马桶，十八般武艺样样精通。

就像段子里形容媒体人："起得比鸡早，吃得比猪差，女的当男的用，男的当牲口使。"以前以为这是世上一等一的累活，相比之下，做民宿开客栈，比起做记者，劳动强度可要大太多了。果真是事非经过不知难呐！

因为店面不大，我雇请的员工不多，加上我也就四个半人：三个全职服务员，分别负责每天的客房和餐厨事务，外加一个钟点工，负责跑腿接客人之类的活儿，算是半个员工吧。我负责店里的总体统筹和账目结算，这些员工中若有人因病或家里有事轮休请假，我也要作为替补顶上。淡季尚好应付，一到旺季，我也只能充当小工使用。不过，最艰难的还是刚开店那阵子，因为缺乏经验，手忙脚乱，情形简直就如同老广说的“倒泻箩蟹”（意即场面混乱），开店第一个月自己就通了不下十次马桶，累得一度怀疑人生，后来才慢慢摸到门道，业务也才渐上轨道。

想当初，自己辞职来到丽江开客栈，想法其实很简单：每天喝茶看书，与来自五湖四海的人聊天，顺带挣点钱养活自己，也不用太多，略有剩余，够用就好。表面看来，开客栈很对我的胃口：学的是经济学，开客栈能将所学知识付诸实践，又是媒体人出身，与各式人等打交道正是我的专长。但说易行难，那种惬意的生活仿佛是空中楼阁，可望不可即。难怪有人为之喟叹：只有实现了财务自由，丽江才是天堂。

与其说我开客栈是为了挣钱，毋宁说更多的是出于情怀。这些年开客栈，我的确不像别人那样无时无刻不在承受着开支压力，这当然应归功于老夏给我的底气。老夏在武汉开公司，业务发展得相当不俗，他并不指望我能靠客栈挣大钱，也没有给我下达具体的营收指标，底线无非是尽力做到收支平衡。老夏不反对我到丽江发展，其实也有他的打算：一来是践行当年的诺言，让我过上想要的生活；二来是为了未来生活着想，他计划过几年与我一同移民加拿大，在丽江开客栈也是为了将来在加拿大立足做预演的。

但毕竟开门做生意，柴米油盐、吃喝拉撒一样不缺，开客栈怎可不为稻粱谋？

当初每个人投奔丽江，都有一个逃离现实樊笼、辞职归去来兮的田园之梦，但田园之梦毕竟不能建基于乌有之乡，必须有相当的经济收入作为坚实依托，在丽江，开客栈民宿成了许多人追逐情怀与谋求生计之间的最佳平衡点。但是，当民宿的梦想杂糅进现实利益之后，理想化的生意又有多少人能守得住？

丽江民宿客栈数量这几年呈几何式增长，但游客的增长并不能与之匹配，丽江的客栈多过米铺，意味着市场越来越饱和，同业间的竞争非常激烈，为求生存抢客现象日趋严重，陷入了恶性竞争。丽江的旅游市场有一个特点：淡旺季十分明显，旺季时一房难求，忙得人团团转，喘不过气，直不起腰。但这种表面的火热也成了各种矛盾的导火索，房东毁约、疯涨房租随之而至，纠纷不断，在束河还发生过房东通过“泼粪”和“泼油漆”的极端行为以强行驱赶租客的恶劣事件；而在淡季时，经营者却要为客源发愁，局外人恐怕永远体会不到店主人等客上门的煎熬滋味。不时出现的零收入状况，会让经营者心里直发毛。

以前常听到“顾客就是上帝”的说法，内心却不以为然，谁又能真正享受到作为“上帝”的礼遇？现在自己开起了客栈，转换了身份，才真切感受到要将这话变为日常行动，是多么的艰难！

说难也不难。在束河古镇这几年，我在“虎狼环伺”的丽江“商业丛林”中始终立于不败之地，做法其实也无他，就是设身处地为客人着想，让他们来到“雅努斯之门”，有一种宾至如归的感觉。客人自机场接回店，到入住休息，这一路我希望他们都能看到我和我的员工发自内心的盈盈笑意，就像温暖的“不丹微笑”，让客人如沐春风，如见故人。

我去过不丹，而且不止一次。印象最深的恐怕是当地男女老少的微笑。所到之处，当地人皆笑靥相迎。有人不吝赞美“不丹微笑”是“人类之爱”，不丹整个国度因此仿佛镀上了一层温暖的人性光辉。

每天只要在店里，我都会主动找机会和客人聊几句，热心与他们分享见闻，投缘的还会约上一起吃饭，谈谈各自经历、处世之道和人生理想，或者当个地陪，逛逛古镇之类的，这种待客如友的感觉其实也挺美好的。

我将束河的客栈当作人生实验场，借一些服务创新赢得游客的信任，比如免除住房押金，水果标上价格让客人自行付钱之类，这些灵感最初源自自己在国外的一些经历。比如在法国入住酒店，退房时根本不用查房；在日本见过乡村水果摊，一筐筐标了价，一个装钱的篮子，四周无人，自己付钱找零。我想人家能够做到，我们也可以。

这些看似平常的待客之道当然付出过一些代价，也引起过一些同行的竞相模仿，但相比之下收获更多，不仅让客栈有口皆碑，更让自己逐渐领悟束河返璞归真的田园生活的真正内涵。

在我心目中，客栈像是一个大课堂，自己作为一个“老师”，随时准备接受来自五湖四海“学生”的提问，有的问题甚至很尖锐，但你必须学会应对和解决。客栈又如同一个大家庭，让我看清众生因缘聚合的世间真相，在其中学会如何与陌生人打交道，并让我更懂得惜缘、感恩。客栈还如同一面镜子，可以照见众生百态。所谓“一样米养百样人”，从入住客人身上，我透过其善意之举或丑陋之态，认清人性之善恶，亲近善者，或躬身自省。

一抹晨曦（倪黎祥 摄）

如今我身处丽江，似乎被都市潮流抛离了，被社会主流边缘化了，但我已经不在乎，更看重的是我能够与一众有趣的灵魂互动交流。我们沐浴在同一片阳光下，呼吸着新鲜空气，如同那些在束河里游动的鱼儿，可以自由自在、无拘无束，生命为之越发丰盈而鲜活。

想起当年做记者，曾遇到一些所谓“成功人士”或“社会精英”，他们自命不凡，可一旦剥开其光鲜外表，袒露人前的无非是贫瘠的灵魂、分裂的人格，或者是无趣无聊的行径。在丽江，接触的人与事大多简单、有趣、快乐，这些东西恰恰是我现在最为珍视的。一处不被打扰的小院，一本书一壶茶，一部手机一点音乐，享受着丽江的蓝天白云、绿树花香——这，就是我向往的生活。

古人云：大道至简。诚矣！

想起一则有名的希腊寓言。有一天，在海滩上，一个富翁遇见一个渔夫正躺着晒太阳，便对他说："大好时光，怎么不多打些鱼？"渔夫回答："打那么多鱼干吗？"富翁说："卖钱呀。"渔夫反问："卖那么多钱做什么？"富翁说："有了钱，你就能如我这般，到这美丽的海滩上来休假，躺在这里晒太阳。"渔夫反问道："现在我不正躺在海滩上晒太阳吗？"

我当下的心境，正如同那个渔夫。

此刻，月悬西窗，就此搁笔。

2016年4月28日

/ 后记

一部书稿的诞生总有其缘由。

1996 年隆冬，一个寒风料峭、呵气成冰的日子，云南丽江发生七级大地震。

灾情就是命令。广州日报社当即组成三人特遣采访队，自广州飞赴昆明，稍作休整，补充装备，便由昆明向丽江进发，一路星夜兼程，马不停蹄，翻越 600 多公里的崇山峻岭（当中要翻越一座海拔 2700 多米的高山，行程中三分之二的道路狭窄崎岖，致令驾驶途中险象环生），20 多个小时后，终于抵达丽江。

身为采访队成员，在丽江长达一个多月的日日夜夜，我们克服了余震带来的恐惧，以旺盛斗志和专业敬业精神，穿街过巷，走村访寨，深入各重灾区采访。犹记得丽江那个冬天特别寒冷，为防不测，我们在入住宾馆的户外空地上搭起帐篷，一旦遇上余震，就以睡袋作床，以车为桌，不间断采访和写作，最终给报社总部发回几十篇、多达十万字的新闻报道。

我们的报道刊登后在南粤大地引起强烈反响，社会各界纷纷慷慨解囊，掀起一股向丽江捐钱捐物、支援灾区建设的热潮，帮助受灾民众度过了艰难困厄的时期。现在看来，丽江从偏居一隅、寂寂无闻的西南古镇一跃成为知名度颇高的旅游胜地，我们也是尽了绵薄之力的。

当年在潜意识驱使下，我将几乎全部的文字资料和图片都保存了下来，但只为纪念，并无出版计划。

也不知始于何时，心中开始酝酿起将丽江经历付梓的想法，这种想法随着岁月的递增渐趋明朗、强烈，犹如人之怀胎十月。

一部书稿的诞生也有顺产难产之分。

这部书稿无疑是难产儿——自孕育之初至呱呱坠地，几乎覆盖了我 20 多个年头的宝贵时光，即便按与出版社签署出版合同之日算起，也接近 10 个年头。

掐指算来约摸是 2014—2015 年前后，我重新开始了资料搜集和整理事宜，一连写下好几篇随笔，可没过多久就搁笔了。我发现，仅凭自己对丽江的一知半解，要写成一本书纯属痴心妄想。

这让我多少有点气馁。我不想再过多着墨于当年地震灾情和灾区重建的描述，而是想以一个他者的视角去观察研究纳西人及纳西文化。如此一来，我必须在充分占有材料的基础上进行写作，需要浏览大量书籍资料，撷取当中的素材为我所用，这个过程耗时有点长；再者，以何种写作方式组织这些素材，思路曾在此多有阻滞，也是书稿延宕多年的原因之一。

丽江自然景观独特，景点众多，纳西文化源远流长，人文历史深厚，我既想在这本小书中一一推介，却又不想写成庸常的旅游读本。后来是在写作逐步推进的过程中才慢慢理顺了思路：其一，以七赴丽江的历程为经，以亲历的事件为纬，将丽江的风土人情和著名景点的相关内容穿插其中，写情状物。其二，将无法以此手法进行梳理和写作的素材，以半写实半虚构的文学手法来表达——即《丽江札记廿七章》。这是以自己和一位前同事为原型进行的文学化叙述的创作，有部分情节是虚构的，但绝大多数细节源于真实生活，特别是当中主人公的种种感受，更是内心独白。

虽然自以为与丽江的缘分深如黑龙潭潭水，可毕竟只是短暂的七赴丽江，相对于洛克和顾彼得在丽江分别生活了27年和9年，只是弹指一挥间。我对丽江的认识不外乎管窥蠡测，难免粗陋碎屑，流于表象，见解不鲜，故而也注定了这次写作是艰难的，时断时续，几度搁置，呕心沥血。以一部小书的容量，安置多种文体的叙事也实属无奈之举。新冠疫情以后，我开始重新审视自己与所处世界的关系，放慢身心节奏，凝神聚气毕其功于一役，最终才令书稿勉力而成，以此作为那段峥嵘岁月的见证。

感谢当年曾与我一同奔赴地震前线采访或慰问的老同事、老领导，他们当中有的已经作古，有的已经退休，有的离开原单位另谋高就，有的与我一样仍在原单位坚守。无论是天人永隔，还是天各一方，都抹不去我们在地震前线曾经并肩战斗的光荣历史。

在此还要特别鸣谢老同事倪黎祥，当年他曾与我一同参加了云南丽江大地震十周年纪念活动，拍摄了大量珍贵的现场照片。基于出书需要，我辗转联系到已经辞职、回到苏州老家某媒体工作的小倪，他二话不说，在最短时间内整理出丽江照片供我选用。

书中篇章多有引述或借鉴他人心得或研究成果，在此谨表谢意，书末专辟参考书目，以供对照。

囿于才疏学浅和种种局限，写作之中错漏在所难免，求教于大方。

2020 年 9 月 4 日撰写

2025 年 5 月 15 日改毕

/ 参考书目

1. 白子也．丽江祭风 [J]. 玉龙山，2005，（4）：32-33.
2. 大番茄传媒机构．丽江的柔软时光 [M]. 昆明：云南人民出版社，2008.
3. 董宝青，等．来自死亡禁区的报告 [N]. 广州日报，1996-02-12（1,2）.
4. 董宝青，等．丽江归来说丽江 [N]. 广州日报，1996-03-03（1）.
5. 都拉．雪山下的婚俗 [J]. 玉龙山，2005，（4）：4-7.
6. 冯镜明，等．丽江，我们来了……[N]. 广州日报，1996-03-14（16）.
7. 冯镜明，等．又见丽江 [N]. 广州日报，1997-02-16（1）.
8. 夫巴．马蹄踏出的辉煌：丽江古城与纳西族历史探秘 [M]. 昆明：云南民族出版社，2000.
9. 夫巴．纳西人 [M]. 成都：成都地图出版社，1993.
10. 戈阿干．雪山第一村：中国丽江洛克旧居寻访 [M]. 昆明：云南民族出版社，2004.
11. 顾彼得．被遗忘的王国 [M]. 李茂春译．昆明：云南人民出版社，1997.

12. 和段琪．丽江风光 [M]. 昆明：云南科技出版社，1993.
13. 和家修．抢婚、逃婚、跑婚、殉情：一户纳西人家的奇异婚俗 [M]. 昆明：云南人民出版社，2006.
14. 和为剑，等．寻找洛克的世界 [J]. 阳光之旅，2002，(6)：15–23.
15. 和勇，罗宁．丽江旅游指南 [M]. 昆明：云南人民出版社，1999.
16. 梁燕梅，等．一样的过年不一样的感受 [N]. 广州日报，1996-02-19（1）.
17. 令狐磊，等．生活家 [J]. 新周刊，2005，（9）：6–49.
18. 令狐磊，等．在丽江 [J]. 新周刊，2005，（9）：100–124.
19. 龙成鹏，等．茶马古道：流动的文明 [J]. 旅居，2014，（9–10）：34–110.
20. 洛克 J. 中国西南古纳西王国 [M]. 刘宗岳，等译．昆明：云南美术出版社，1999.
21. 舒欣．一个广州女子的泸沽湖之恋（上）[N]. 广州日报，2006-04-07（B12）.

22. 舒欣．一个广州女子的泸沽湖之恋（下）[N]. 广州日报，2006-04-14（B11）.

23. 徐志伟，等．丽江大地震特辑 [J]. 民族学，1996，（1）：1-97.

24. 宣科．公民宣科 [M]. 昆明：云南大学出版社，2011.

25. 宣科，等．纳西古乐特刊 [J]. 玉龙山，1996：2-133.

26. 杨福泉．寻找丽江之魂：融入纳西古王国 [M]. 北京：民族出版社，2006.

27. 杨福泉．殉情之都 [J]. 人文地理，1999，（4）：10-33.

28. 杨一奔．地球一奔：一个纳西女人的环球之旅 [M]. 上海：文汇出版社，2006.

29. 中共丽江地委宣传部，丽江地区教育委员会．多彩的丽江 丽江地区区情教育读本 中级本 [M]. 昆明：云南科技出版社，1998.

30. 周文林．宣科与纳西古乐 [M]. 昆明：云南美术出版社，2006.